徐大学 ◎ 著

寄岁月书

徐大学作品集

吉林出版集团股份有限公司

图书在版编目（CIP）数据

寄岁月书：徐大学作品集 / 徐大学著. — 长春：
吉林出版集团股份有限公司, 2019.1
ISBN 978-7-5581-6136-0

Ⅰ.①寄… Ⅱ.①徐… Ⅲ.①诗集－中国－当代
Ⅳ.①I227

中国版本图书馆CIP数据核字(2018)第269313号

寄岁月书：徐大学作品集

著　　者	徐大学	
责任编辑	齐　琳　史俊南	
责任校对	周　骁	
封面设计	张家启	
开　　本	880mm×1230mm　1/32	
字　　数	185千字	
印　　张	9	
版　　次	2019年1月第1版	
印　　次	2019年1月第1次印刷	
出　　版	吉林出版集团股份有限公司	
电　　话	总编办：010—63109269	
	发行部：010—85173824	
印　　刷	北京盛彩捷印刷有限公司	

ISBN 978-7-5581-6136-0　　定价：59.00元

Contents

目 录

第一辑　歌形咏物

第四辑　百物有语

第五辑　万事留痕

第六辑 千言纪实

第一辑 歌形咏物

书橱

木上开口为之，
活活一个"呆"字。
外表缺风少度，
言语木木吃吃。
心有文章诗词，
身无一官半职。
智者敬畏三分，
无知肆无惮忌。
一生以书为伴，
其实身份不低！

咏韭莲

叶韭花似莲，
性形不一般。
花从心中出，
亭亭粉紫颜。
批批竞相开，
茬茬三两天。
分工又协作，
力保盆中鲜。
红置翠绿中，
容姿多娇妍。
天天对人笑，
美哉我韭莲！

雪花

雪花，
你怎有这等优雅的身影，
美丽的形体，
如此精巧的结构，
晶莹剔透的质地？
哦，我懂了，
因你挟广寒宫之泠，
蕴凌霄殿之气，
经织女巧手的雕琢，
受嫦娥仔细的训示。

不过你为何来到人间呢？
是受上苍的惩罚，
还是耐不住天界的孤寂？
若是受罚，
哪有快乐蹁跹的舞姿？
若是孤寂，
你却有同伴千亿万亿？
噢，我又知了，

你是上苍委派的特使。

他派你下凡滋润万物，
美化大地。
北国的冬天因了你才有形有色，
看红装素裹，
看银堆玉砌。

啊，雪花！
你外形美丽但从不招摇，
从天而降也成团成队不离群体。
你出身高贵但从不自恃，
到得大地总是俯着身子。
你永葆冰清玉洁，
不弃纯粹之质。
最终你完成了使命，
牺牲了自己，
永远美在人们的心里。

道路

大路网络着世界，
阡陌经纬着田园。
通途数以万计，
行者何其捷便。
似乎不必披荆斩棘，
好像只需勇往直前。

可是再好的路也有上坡下坡，
不乏坎坷转弯。
恣意妄行吗？
那可是危险危险。
君不见往往越宽阔的路越事故
频发，
愈笔直的道愈伤亡不断？
确实，现成的道不一定好走，
自己踩出的才知深浅。

然而踩出的尽管稳当，
老牛破车却难以致远。

现代高速日行上千里，
如若不用实在太慢太慢。

看大路上千车万辆，
只是少数人仰马翻。
当知别人的路完全可借，
怎样行驶才是最最关键。
或遵规守矩，
或不以为然……

地上的路千条万条，
人生的路只有一遍。
"吾将上下而求索"，
路漫漫兮其修远！

梅杏迎春

梅花过度兴奋，
半夜里就开始梳妆，
亟盼早来的春天。

东风叫醒了迎春，
迎春想让杏花做伴。
贪睡一会儿的杏花，
一睁开眼就笑得灿烂，
对着人们欣赏的笑脸。

旁边的桃花沉不住气了，
急得通红满面。
照上几缕艳阳，
就真灼烧起来。
难怪春天这般温暖！

神奇的讲台

地方仅仅三尺，

却是一个神奇的大世界。

一切伟人对这里皆须仰望，

一切小人却视而不睬。

这里是人才成长的接棒区，

这里关乎全人类的未来。

站在这里，

面对祖国的花朵，

背负人民的期待。

我深觉重荷，

我心潮澎湃。

释放激荡的心血，

在学生的心田灌溉。

站在这里，

我是学生的灯塔，

必须拭净浑身的尘埃——

抛却种种的卑微，

收起百般的不快……

洋溢灿烂的笑脸，

播撒人间的大爱。

啊，讲台，

你净化我的心灵，

提升我的境界；

也给我无上的荣光，

予我不菲的优待：

我本是一棵小草，

讲台上却成了学生的标杆。

地地道道的小人物，

却不输指挥千军万马的大元帅。

甚至讲台使我与天地君亲相提

并论，[1]

受上千年中国人的厚爱！

我热爱讲台，

感谢讲台，

要把一生奉献给讲台。

我只有万分的虔诚，

绝无半毫的懈怠。

无私纯粹，

在讲台绽放生命的精彩。

---

[1]　古有对"天地君亲师"祭拜的
传统。

杏之赞

早春吐芬芳，

艳艳展风采；

初夏献果实，

香甜又可爱；

任劳又任怨，[1]

古今都善待。

杏林虎来守，

杏坛圣人摆。

杏花雨又下，

杏花村又来。

红杏一枝闹，

春满全世界。

---

[1] 指"红杏出墙"等之言。

桃之咏

大好春光她装扮，

俊俏端庄娇艳艳。

秋来果实鲜美味，

天上人间都喜欢。

大圣见她笑颜开，

寿星与她早结缘。

枝条一段可辟邪，

木梳一把宜妆奁。[1]

炙爱世人甘奉献，

妖鬼见她心胆寒。

外形内神都美丽，

木之君子德比莲。

---

[1] 传说桃木可驱妖辟邪，于是，桃木梳子备受欢迎（迷信）。

春（三首）

一

奇思妙想春大师，
东风浩荡笔亦奇。
南描北写左右画，
雨为五彩染东西。

二

初绽桃花娇兮兮，
探头小草亮滴滴；
鸿雁嗯嗯向北飞，
带来南国几多诗。

三

东风巨笔尽渲染，
画家当是爱绿天。
闹市才有红黄点，
郊野处处碧连连。

兰花草

谁说她是花，
分明就是草。
绿叶纷披长，
绿花珍珍小。
丛丛翡翠中，
幽幽香气绕。

香馥德亦馨，
名贵性亦高。
清高不狂傲，
典雅不媚妖。
赏的不是花，
香飘和仪表。

咏韭菜

千头万臂神通广，
韭菜当是菜中王。
活血化瘀有药性，
膳食多维富营养。
豆腐、鸡蛋，又水饺，
一家做饭四邻香。
色鲜味美不娇气，
泼辣胜草性坚强。
植根撒种一样活，
贫沃旱涝都能长。
一年割上七八茬，
种上一回十年享。
棵棵振作有精神，
万头攒动全向上。
根根相连臂靠臂，
团队精神大发扬。
生机盎然绿意浓，
一畦韭菜诗千行。

乙未倒春寒

冬麦绿叶一扎半，
泡桐俏花一串串。
时令暮春四·一三，
晨起白雪飞满天。
都知红梅傲冰雪，
哪有紫桐斗严寒。
红红绿绿皆速冻，
冰柜自是天地间。

泡桐

魁梧挺拔立世间，
正直大方心地宽。
长出巨叶沐阳光，
扎下深根吸黄泉。
夏秋浓郁遮阴凉，
暮春紫花赏人眼：
串串枝枝方三丈，
俨然焰火撒漫天。

仙人掌

长长圆圆扁扁平，
形貌不俗有奇能。
既能耐旱又喜水，
哪里喜欢哪里生。
无枝无叶通体绿，
满身长刺露峥嵘。
超凡脱俗不妖艳，
有头有角不钻营。
吸毒是为人类安，
净化空气他亦能。
美观有德人人赏，
谁想玩弄不答应。

玉米咏

根系如寻扎黄泉，
枝枝长叶都向上；
奋力吸取光和水，
果实一夏勤酝酿。
初秋已过初长成，
通体似塔堪称棒。
抱出硕果至虔诚，
献给人类黄金粮。

咏棉花（三首）

一

五彩斑斓招人羡，
美完夏日美秋天。[1]
开口笑迎人索取，
要留温暖在人间。

二

倾注农人心一片，
收获之花最娇妍。
物人两相开口笑，[2]
决胜花盆红黄蓝。

三

乐于奉献有个性，
不勤不巧不答应。
不够诚心我减份，
三位一统我自诚。[3]

---

[1]　棉花花期贯穿整个夏秋。
[2]　棉桃成熟后裂开。

---

[3]　农谚有"棉花锄八遍，桃子接成串"之说；种棉要会剪枝、打头等；还要施足肥水。缺一，棉花减产。

春风

春风貌有两面情，
一面温柔一面"凶"。
一心一意为春天，
唤醒万物第一功。
飞沙走石怒咆哮，
高歌猛进战鼓隆。
气势汹汹三两场，
人有怨气也不停。
此力足以裂树皮，[1]
吹开江河冰雪融。

摧枯拉朽解草木，
轻装上阵待发荣。
温暖之气渐渐长，
春天之意日日浓。
小草探头初问询，
杨柳睁眼睡惺忪。
殷勤四处去视察，
才有不寒杨柳风。
风中自带花草香，
百鸟唱和真动听。

---

[1]　谚有"春风裂树皮"之说。

咏小麦

一生占四时，
庄稼长寿王。
遭过寒暑苦，
自有喷喷香。
点数庄稼行，
数你最坚强。
不怕杂草侵，
何惧啃牛羊。
不弃土地薄，
旱涝都能长。
傲视寒风雪，
无屑秋日霜。
愈挫身愈奋，
春来绿汪汪。

从山绿到水，
从水绿到庄。
紫燕垄中飞，
野兔行中藏。
一场夏雨过，
开花又灌浆。
南风一吹来，
遍体金黄黄。
南北十来省，
全都为你忙。
轰动全天下，
数你最辉煌。

咏柳（三首）

一

数九未出就觉醒，
顺河看柳眼初睁。
颗颗新芽都有梦，
报春使者建奇功。

二

万条柔枝真婀娜，
参差披拂意趣多。
谁说你是娇弱女，
不畏春寒是豪杰。

三

面对舞柳疑问生：
春风吹你你摇风？
飞絮满天似雪飘，
挽留春归信万封？

咏谷子

谷子一物草性强，
性格坚韧好生长。
苗期朝气又蓬勃，
有雨无雨都无妨。

一心一意心中梦，
有了成效不张扬。
韬光养晦扩战果，
越到年长越辉煌。

一生终了上农场，
打下谷粒好收藏。
三年五载不变质，
米汤米饭喷喷香。

概观谷君品德美，
坚韧谦虚有理想；
乐于奉献待众人，
谦谦君子好榜样。

咏石榴

花开红艳艳，
浓浓绿叶间。
激情多奔放，
灼灼如火燃。
老少皆喜爱，
折倒爱美男。
果实形亦奇，
孕育一夏天。
老成仍热情，
开口展笑颜。
口中有红白，
本是玛瑙攒。
念念自身历，
心中有酸甜。
笑对欣赏客，
绝无苦辣咸。

恶毛桃

乱与娇桃胡牵连，
枉占一个"桃"字班。
姿容不美叶不香，
果不好吃花难看。
外形不美无所谓，
品性不端讨人嫌：
根生种生它都行，
种子乱飞根乱窜；
所到之处恶生长，
损人利己大施展；
木质疏松长得快，
欺凌同类它之专。

庄稼地边有了它，
粮食别想再丰产。
遮阴挡日夺肥水，
远比茅草更讨厌。
几年就是大粗树，
小的更有一大片。
大的生小小长大，
要想清除难上难。
木质低劣难造器，
烧火都是一阵烟。
百无一用光作孽，
一提恶名人人厌。

咏夏（三首）

一

火辣严酷貌似凶，
一颗赤心真有情。
无私奉献光和热，
慷慨浇灌五谷生。
都夸秋季收成好，
莫忘夏天苦经营。
万木欣欣以向荣，
孕育果实是英雄。

二

它季哪有此风情，
满目都是郁郁葱。
汪洋绿色映白云，
充沛氧气溢长风。

三

骄阳似火日炎炎，
风骤雨急雷震天。
轰轰烈烈育生物，
蝉唱虫飞百草繁。

葱

"叶焦根烂心不死"，
挺拔英姿人学你。
埋下身子耐寂寞，
立足本职创奇迹。

咏地瓜

秧下咧嘴偷着笑，
结出茎果满心喜。
耐涝抗旱产量高，
缺粮岁月多亏你。

最绿时

早晚天凉草尚长，
雨季刚过水满塘。
正是一年最绿时，
碧湾青田翠山冈。

咏秋（五首）

一、三秋繁忙

处暑过去夏威敛，
白露已到果实满。
山上田间收获忙，
精耕细作不得闲。
家家户户齐上阵，
男女老少都心欢。
又是一年大丰收，
再播希望迎来年。

二、诗意天空

天空如洗蓝湛湛，
红日高照金灿灿。
白云高处弄舞姿，
又迎又送南飞雁。

三、五彩原野

一场秋雨一场寒，
山草层林红黄蓝。
翠绿田间是新麦，
洁白片片是银棉。
郊野俨然大画卷，
决胜皇宫御花园。

四、迷人秋风

秋风又起嗦嗦响，
树木乱摇叶纷扬。
空中"蝶飞"千只彩，
地下"蛙跳"万金黄。

五、神秘秋雨

甘霖知时从天降，
秋雨做功不张扬。
淅淅沥沥来势高，
缠缠绵绵丝绪长。
开始"织锦"继"绣花"，
从从容容不着忙。
万物朦胧沐雾中，
"江南梅雨"入我乡。
凄凄清清殊有意，
苍苍凉凉暖洋洋。
一朝日出景致变，
天蓝云白气清爽。
漫山绿色化五彩，
枫叶鲜红菊花黄。
南飞大雁一队队，
边走边唱好风光。

南飞雁

西风萧瑟飘金叶，
北雁拜拜唱离别。
秋日虽是肥禽时，
严冬一到我难活。
长远打算立身命，
眼前利益要不得。
鼹鼠听后猛捣蹬，
越冬粮食藏满窝。

月季花

只缘对人热情大，
天寒地冻浑不怕。
期早紧追黄迎春，
严冬未尽悄发芽。
从春到夏复至秋，
日日月月笑脸挂。
姹紫嫣红多美丽，
开过一茬又一茬。
比完绿兰比彩荷，
赛过秋菊待梅花。
闻说玉雪来探视，
娇容憔悴羞答答。

赞狰狰（二首）[1]

一、狰狰根

铮铮铁骨地下埋，
红心一颗人未睬。
一朝匠者发现奇，
古色古香人人爱。

二、狰狰树

狰狰本是灌木丛，
遍体钩刺真狰狞。
谁知貌丑有气节，
皮肉之内骨铮铮。

---

[1] "狰狰子"，地方俗名，学名小叶鼠李。其木质坚硬，外黄内红，深受根雕爱好者喜爱。

我家的老香椿

香椿二老东窗前，
小时常缘上屋山。
戳罢鸟窝凭远瞩，
美好记忆留无限。
就是树老芽子瘦，
更有皮糙出芽晚；
即使身高体又大，
不比小树能多赚。
那年清明佳节到，
忽来一场倒春寒，

别树吐芽都冻死，
唯我老身如旧年。
棵棵赭黑发新绿，
枝枝翡翠真光鲜。
爷爷掰下两树宝，
推往集市好价钱。
一回收入顶几次，
街坊邻里均眼馋。
少有少优老不足，
老有老成老优点。

北国之冬

千里雪飘万里冰，
粉妆玉砌童话宫。
只缘严寒冷彻骨，
冻死多少歹毒虫。
再无桌上苍蝇舞，
再无白黑蚊虫叮；
再无蝼蚁竞血事，
再无满山爬蜱虫。
大雪覆盖污秽白，
一片纯洁唯有冬。
虽无万木欣欣荣，

但有红梅万丈情。
春种夏耘秋收累，
独到严冬农人轻。
打牌下棋扭秧歌，
既可滑雪也溜冰。
三季都为一季忙，
可见冬天多有功。
中华民族最大节，
有缘有由在隆冬。
享受今年为明年，
九九之后把地耕。

卜算子·野花

野花本无名，
自开天浇洒。
美丽芬芳真自然，
花圃盛不下。

乐煞鸟蜂蝶，
妒坏园中葩。
名山胜地都有她，
占尽风情雅。

蜣螂车

蜣螂以前爬满坡，
此物如今似灭绝。
不是车碾蜣螂死，
当是蜣螂变轿车。

路上"蜗牛"一串串，
住区小车一窝窝。
远看俨然蜣螂堆，
聚散纷扬实在多。

拐杖

一根拐杖，
静静地立在床边，
时刻等候主人的召唤。
虽然叫拐，
但从来不欺不骗，
待人绝对以诚相见。
只要主人一招手，
多少重量都敢承担；
纵使走到天涯海角，
也一如既往相随相伴，
从来都无半句怨言。
且永远自当其乐，
"得"意连连；
压弯摔断乃至殉主而葬
也心甘情愿。

呵，拐杖，
你绝非奴颜婢膝，
势利下贱。
因为你的主人总是弱者，
你的的确确对人无所求，
助人甘奉献。
你是弱者最实在的朋友，
名为扶手，
堪比靠山。
弱者得你幸矣，
靠不得救世主，
用不上保护伞。

第二辑　探幽访胜

地沟峪（二首）[1]

一

地沟峪，
山连山，
从小就在里面钻。

掀蝎子，
采山韭，
漫山遍野到处走。

挖草药，
逮鹌鹑，
回声阵阵笑入云。

大池塘，
摩天崖，
这边下了那边爬。

萁子杏，
核桃梨，
夏日尝罢秋季吃。

最难忘，
学生悦，
酸枣彤红满山乐。

流水潺，
松柏翠，
鸟儿婉转惹人醉。

春天艳，
夏天绿，
秋季多彩冬日素。

---

[1]　地沟峪是国营胡山林场之俗名，现在是国家级森林公园。

年事高，

忘不了，

俩月不去睡不好。

地沟峪，

情谊浓，

伴我一生好心情。

二

仁者爱山山爱仁，

山是主人人是宾。

横亘庄南姿送美，

绵延东西绿护村。

夏秋招待百种果，

春日捧出野丹参。[1]

狡兔自惊矍然跑，

红日欲坠鸟投林。

---

[1]　小时挖野丹参之类草药多在春天。

登朱家峪风山（二首）

一

崇山峻岭围成环，

风山安居环中间。

松柏葳蕤庙宇红，

钟磬肃穆又欣然。

此岭天天千人拜，

四周峻峰无人攀。

海拔不高势不险，

块头不大位至关。

二

莫道风山凭位置，

受宠尚须自身奇。

无高无险有婀娜，

有土有树无伦比。

四面云集莽撞汉，

中间窈窕一女子。

南岭本是石灰岩，

唯有此山是砂石。

玉楼春·古村朱家峪

村外山峰一圈碧，

树木掩映好景致。

道路都是青石铺，

房舍全用青石砌。

世外桃源人平起，

邻里却须俯仰视。[1]

闯关东的大本营，

八路军的根据地。

---

[1]　因村庄在山峪之中，各家高高低低。

游桃花山（二首）

一

昔日天天从此走，

脚印如今依稀有。

卅年恍惚似梦过，

一觉醒来白了头。

二

旧地来重游，

不堪多驻留。

往事历历在，

故人渐渐休。

果园无踪影，

石桥亦破旧。

物非人亦非，

难舍又难受。

游北京（三首）

一、颐和园

昆明湖水远接天，
神秘婀娜万寿山。
十七孔桥狮柱头，
千米长廊画屋檐。
日从湖出生紫气，
人在画中似神仙。
石舫铜牛佛香阁，
游不够的颐和园。

二、长城

巨龙腾飞入云端，
翻江倒海卷巨澜。
忽然落在群山上，
万里长城在眼前。

三、难写北京

游罢北京几十天，
心潮起伏日日翻。

总想静心细描绘，
要想平静实在难。

长城故宫天安门，
北海天坛颐和园……
个个都是世界级，
提笔容易措辞难。

现代都市多姿彩，
文化厚重有渊源。
文明五千史册万，
想写万年能不难！

首都处处是景点，
挂一难免会漏万。
左思右想道不得，
写好北京难上难！

登泰山（二首）

一

不知诗圣何事急，

我见泰山不忍离。

中天门下仔细赏，

十八盘上尽情驰。

山林有形世无双，

风月无边景致奇。

奋力攀登阶阶汗，

一凌绝顶众山低。

二

登罢泰山多少年，

许多细节记心间：

红门里面上树鸡，

迎客松边算卦仙，

十八盘上匍匐媪，[1]

罗汉洞前无腿男，

更有挑夫走如飞，

暗中乞丐笑得欢。

---

[1] 在十八盘上遇见几个妇女，老态龙钟，背着包袱，"四脚着地"，匍匐向前。

游重庆歌乐山

歌乐山顶精神院，[1]
海拔七百不一般。
汽车蜗牛盘旋上，
白云生处有城垣。

游朝天门

一边清澈一边浑，
两江交汇朝天门。
江面宽宽望不尽，
大堤层层似谷深。
心潮澎湃长江水，
游客涌动天下人。
向往已久大天堑，
今日巨浪脚下奔。

---

[1] 歌乐山顶建有歌乐山精神病院。

车上观大江

沿路滨江东北走，
长江不时现窗口。
不管车上人眼白，
伸头探脑朝外瞅。

游都江堰（四首）

一、暮投都江堰

炸雷声声天地动，
竖闪道道心神惊。
蒙头转向雨幕里，
黑灯瞎火噩梦中。
地面湍急天上水，
脚底冰凉身如凌。
好歹拦住出租车，
一叶扁舟浪中行。

二、遇地震

三两上来等二两，[1]
一晃突然又一晃。
起初以为坐车多，
又是一晃别思量。

两步抢出门外望，
食客东西一大趟。

都疑此处是震中，
短信已知雅安恙。

三、奇

汹涌澎湃奔大海，
岷江之水雪山脉。
李冰父子巧点拨，
都江堰里献大爱。

瓶口、鱼嘴、江内外，[2]
排沙泄洪长灌溉。
有山有水不算奇，
有了人事才精彩。

四、过索桥

头晕目又眩，
索桥胡乱颤。
桥上人浪涌，
脚下巨澜翻。
谁说过索桥，
应叫荡秋千。
荡入白云里，
跌落江水前。

---

[1]　在都江堰饭店吃面条，大碗的叫"三两"，小碗的叫"二两"。

[2]　瓶口、鱼嘴、内江、外江等都是都江堰的重要组成部分。

游武侯祠

君臣同祠世无重，
同祠且以臣子名。
武侯本来是文人，
前后北伐泣英雄。

游青城山

道教圣地青城山，
峻峰参天树参天。
游客之中乱转悠，
山门外面看青山。[1]

---

[1]　因时间关系不能进山，只好到山门一转；而门内树木繁茂高大，在山门难以看到山巅，只得"乱转"以找角度。

被困成都

从容游罢武侯祠，
到得北站正午时。
四菜一汤买票去，
长龙几行到门西。
成达列车加不少，[1]
雅安强震减大批。
庆幸买上亥时票，
一宿走了四百一。[2]

---

[1]　"成达"指成都、达州。
[2]　因余震不断，多次停车。

游雪野湖

雪野湖水碧波翻，
近处衔山远接天。
权当沧海开眼界，
不坐游舫步水边。
先品湖南鱼头宴，
再赏岸东姜麻田。
最喜帅侄独撑舟，
一阵大风叫连连。

游孔林

三里马车当古人，
一路欢笑进孔林。
拜罢圣人仲尼墓，
瞻仰贤士子贡坟。
碑雕百座威凛凛，
松柏万棵穆森森。
同是教师数十年，
枉有学生几千人。

清平乐·游长白山[1]

花满山涧，
瀑布如锦缎。
急急赶往长白畔，
染上一身香汗。

摩诃顶上远凭，
顿觉热血沸腾。
小波曼村山洞，[2]
层岭郁郁葱葱。

---

[1]　此长白山系山东境内之长白山。

[2]　传说隋唐时农民起义领袖王小波及抗战时李曼村都住过此洞。

观沧海

当年徐福离岸地，[1]
今日大学赏海奇。
深解前人爱大海，
遥望孟德登碣石。
"树木丛生"在岸上，
"百草丰茂"在云里；
"水何澹澹"眼前景，
"幸甚至哉"是心里。

────────────

[1] 传说当年徐福率五百童男、五百童女，由龙口入海，为秦始皇寻求仙药。

游山西（六首）

一、玉楼春·游晋祠

难老泉水早已老，[1]

不朽周柏几枝挑，

陈毅杨树上铁箍，[2]

白玉兰花开正俏。

满眼银色光炫耀，

整园花香人叫好。

新生事物生力强，

沧海桑田是正道。

二、临汾至焦作

沟壑窑洞破，

上崖又爬坡。

树树满香色，

山山五彩驳。

襄汾一沟楼，

翼城麦苗多。

晋南又焦作，

全程尘随车。

三、游平遥古城

平遥古城名不虚，

古建规模世间殊。

十条大街八十巷，

七二城楼万间屋。

六个城门四面开，

五万市民终年居。

置身其中像前人，

游客络绎进又出。

---

[1] 难老泉已基本无水。

[2] 陈毅元帅所栽白杨树上打了许多铁箍，以防断折。

四、夜宿平遥

明清大街尽徜徉，
二郎庙旁青瓦房。

竹叶青酒慢斟酌，
冠云牛肉细品尝。[1]

古色古香毋家店，[2]
老屋老炕无腿床。[3]

一宿鼾声古人梦，
明朝早市外城墙。

五、菩萨蛮·到洪洞

不远千里来祭祖，
山西洪洞大槐树。

当年捆手坡，[4]
不见老鸹窝。

一街又一巷，
都像故地样。

这边那边屋，
疑是祖先居。

六

夙愿已久游山西，
游完山西意尽失。

太原、晋城又临汾，
未得伊人一影子。

---

[1] 冠云，商标名。

[2] 毋家店，毋姓旅店。

[3] 画成老炕之形，实为木头箱床。

[4] 史载明朝初期移民，百姓都不愿离开，政府强制执行。为防路上逃跑，绑住手，连成串。

过郑州

来回几次火车中，
今日观光走西东。
公交、绿的老乘具，
高楼大厦熟面孔。
郑州车站景最大，
二七广场意从容。
熙攘多是过路客，
看似悠闲急匆匆。

千佛山[1]庙会

云台归来过历山，

适逢庙会三月三。

吴桥狮子舞得险，

泉城唢呐闹得欢。

摊上小贩不住喊，

林边古筝尽情弹。

人潮如浪上又下，

千奇百怪满道边。

---

[1] 千佛山，古称历山，又名舜耕山。

章丘小赞

黑陶文化五千年，
章丘美名天下传。
人才辈出说不尽，
物丰景丽道不完。

光耀千古女词人，
流芳百世清照园[1]。
稻禾百里金飘香，
莲藕万塘玉送甜。

眼明泉接百脉泉，
泉水汩汩赛江南。
三产兴旺今胜昔，
辉煌章丘在明天！

---

[1] 章丘既有园林清照园，又有美酒清照园。

游云台山（六首）

一、初到云台山

此地史上少记载，
敢猜霞客未曾来。
而今徐某才幸会，
云台美名早传开。

二、游小寨沟

名字太谦虚，
小寨夫何如？
水随山势高，
峰入云中逐。
尤奇"Y"字瀑，
最怪"U"形谷。
山鸡隐又现，
猕猴进又出。

三、观"U"形谷

峭壁刀削天到地，
悬崖高耸入云端。
华山自古有条道，
此峰至今不可攀。

四、登茱萸峰

茱萸山顶入云端，
处处都是"十八盘"。
旺叔望崖而却步，
平兄半途又折还。
石阶桃花纷纷落，
山岩细雨密密编。
天公作美布云海，
三十六峰露山尖。

五、游红石峡

出奇不单峡石红，
进峡方知意万重。
窄沟无底阴风怖，
激水有声鬼神惊。
匆匆逃出阴曹地，
隆隆观赏瀑布情。
忽见巨石飞天上，
石峡两岸桥难行。

六、云台山

云台原是神仙府，
为点凡人自让出。
因见彼处脏乱差，
欲使如此美安舒。
若能巍巍山中住，
定会幽幽林下居。
甘泉野薮氧气足，
半年能懂神仙书。

独上胡山（二首）

一

难忘胡山境界仙，
九九胜日独登攀。
幽谷空旷耸崖壁，
小路弯弯入云端。
金槐翠柏草似铜，
红柿黄花榆如燃。
美景不禁心里醉，
一亮歌喉鸟飞天。

二

独游山中别有趣，
为所欲为无拘束。
静思遐想不分心，
尽情欣赏到深处。

高峰泰然有风度，
小鸟欢畅翔天路。
彷徨烦恼瞬间没，
落鹰石前观日暮。

旧日小村掠影

山村坐于沃土上，
外围全是石板梁。
村头巨柏掩门楼，
街中古木臂接膀。
石井一口百人用，
涧溪两条三秋淌。
群山西走势如龙，
火车东去似线长。

游垛庄

绿水青山俊小镇，
肥田沃土勤劳人。
沟沟壑壑好庄稼，
岭岭坡坡干果林。
民风淳朴百姓乐，
旧貌换颜气象新。
世外哪有公交车，
垛庄仙境似八分。

出村

半月未出村，
村外光景新：
路旁石榴红，
田间麦成金。

山中雪月

普天金月照，
银雪满山铺。
冷气溶寒色，
峰巅夜景殊。

稼轩园

稼轩门外稼轩园，[1]

鲜菜铺地杨接天。

更有核桃林一片，

偶见青果挂枝边。

天下第一村[2]

熙熙攘攘丝市街，

货物集散旱码头。[3]

名播四海大染坊，

威风八面状元楼。

世上绝学锦灰堆，

天下名吃烧饼优。

周村不大甲天下，

故事很多传九州。

---

[1] 稼轩门，指历城稼轩中学之北门；稼轩园是个大菜园的名字。

[2] 清乾隆皇帝曾为周村题"天下第一村"。

[3] 旱码头，周村古商贸街市总和，现有题字牌坊。

游青岛

绿树红瓦黄金岸，

高浪飞桥碧水宽。

"极地海洋"多趣妙，

崂山升日最奇观。

万米隧道接青黄，

一颗赤心随巨澜。

合影游轮无栈道，

礁石泡脚有清闲。

卜算子·蓬莱阁

留下蓬莱城，
过海八仙去。
仙气氤氲郁郁浓，
山水多美妩。

个个笑盈盈，
游客沾仙故。
长岛那边寻长生，
也作仙人渡。

长岛

县陆最小景最大，[1]

长山俯视两海辖。[2]

大岛耸峙一桥连，

小岛葱绿三十家。

万粒球石半月湾，

千堆玉雪九丈崖。

望夫巨礁年年望，

碧波连天不见他。

---

[1]　县陆，此处指县域中的陆地

[2]　"两海"指渤海和黄海。

游北戴河

旅游胜地出名早，
水域辽阔浪滔滔。
可惜三天下两日，
热闹唯有滑沙草。
两村十人整一桌，
温泉是锅人是饺。
特技表演见尾声，
方悟景好运不好。

爱不够祖国的山和水

游不完祖国的山山水水，
因为她太大太美：
六万里海岸线，
四万里陆边陲；
南海滚热浪，
北地雪纷飞；
东方红日升，
西疆夜正黑。
江河多么奔放，
山峰何其雄伟；
沙漠真浩瀚，
草原多芳菲；
良田这般肥沃，
森林如此碧翠……

更有上下五千年，
人文景观遍地辉……
我爱祖国每一抔土，
每一棵草，
每一滴水。
我尽情地游览，
从春游到冬，
从南走到北。
游到哪里都不舍，
游到哪里都心醉！
祖国大呀祖国美，
游不完祖国的水和山，
爱不够祖国的山和水。

第三辑　谈古论今

读诗

读表叔《读某些诗有感》
深有同感，写此聊为声援。

大学文凭不算低，
况且专业中文系；
又在中学教语文，
职称早就是高级；
诗歌背过千百首，
现在怪怪不懂诗。
要懂奇诗啥层次？

行不是行句非句，
章不是章词非词；
不合辙来不押韵，
既无节奏也无拍。
佶屈聱牙无美意，
味同嚼蜡何谓诗！

风花雪月山园水，
酸甜苦辣悲怒喜；
地府天堂亚非欧，

才子佳人帝王妃？
不知所云一头雾，
何谈构思与立意！

新潮旧潮无所谓，
怎样朦胧都可以，
勿忘诗歌应是美，
让人读懂是前提。
疯子半夜说梦话，
难怪大众不赏诗。

乐天当年"新乐府"，
未因好懂非好诗。
"三吏三别"《游子吟》，
更有《春晓》《静夜思》……
脍炙人口万千首，
哪有难懂是好诗！

玉楼春·汉奸与贪官

色彩一样均贬义，
结构相同音亦似。
汉奸一阵逞威风，
贪官长期显本事。

抗战胜利汉奸毙，
贪者下台还有子。[1]
百姓憎恶赔笑颜，
万民唾弃在心里。

---

[1]　指贪官在位时利用权势给孩子创造好升官条件等。

曲折

人人都怕命运舛，

没点惊险也索然。

白云湖里掉铁桨，

雪野水库风中船；

泰安站上钻车窗，

济南半夜把家还……[1]

平淡之事早忘却，

曲折桩桩喜心间。

---

[1]　游白云湖时，不慎把铁桨掉入水中；游雪野湖时，侄子独自在岸边划船，一阵大风将其向湖心吹去，吓得他连哭带叫，大人也惊慌失措；当年从泰安回时上不去车，只得从车窗爬了进去……这都是亲历之事，当时很感惊险或艰难。

读《千里马》

表叔诗《千里马》反"世有伯乐然后有千里马"之论，诗中有"马驰才能有评价""不是先冠名，全赖身壮体能大""满腹才华为何无人察"等句，读罢有疑。

"马驰"人眼瞎，
怎见千里马？
"身壮体能大"，
常马喂养乱糟蹋，
吃不饱喝不足，
饿得腿软有啥法？
"满腹才华"有，
妒贤谁觉察？
昌黎先生论有力，
《马说》一文服天下。
莫非表叔不知此，
还是当官说官话？
表叔之论侄都服，
唯有此诗不敢夸。

且看古时诸葛亮，
刘备不赏能干啥？
"卧龙"只有几人知，
难称知名千里马。
如若没有善任者，
表叔之才也无华。
无数事实早证明，
用你你能跑千里，
不用顶多六百八。
彼是一匹千里马，
未遇伯乐乱糟蹋，
一生卑微未出头，
自娱诗书再无他。

仿古建筑

各处许多人造景，
胡诌乱吹硬冒充。
尤其一些仿古建，
劳民伤财无一用。
修复性的有情原，
无中生有太可憎。
小说、影视编古迹，
虚实难辨把人蒙。
旅游赚钱本可以，
投机害人实不应。

木兰花·中国足球

泱泱大国十四亿，
本是足球发源地。
亚洲之内属三流，
你道该有多可气。

世界杯上无名字，
同是黄颜观韩日。
昭然各类人之为，
要想振兴都尽力。

徐氏族训

永旺先祖，始迁南涧；
宜地和人，承时顺天；
开创基业，生息繁衍；
三百来年，瓜瓞绵绵；
人才辈出，祖训攸关。
后世子孙，勿忘祖先。
及时祭扫，身教言传。
生命之源，母恩如山。
孝敬高堂，永记心间。
尊敬师长，终生不变。
崇尚科学，热爱自然。
珍视生命，注重锻炼。
奋发图强，志存高远。
谦虚谨慎，永不骄满。
安身立命，仁厚为伴。
助人为乐，与人为善。

重信守诺，不欺不骗。
内方外圆，品正行端。

忍者为上，该敢则敢。
见义勇为，仗义执言。
勤俭持家，戒奢戒懒。
玩物丧志，毒赌离远。
遵纪守法，恶习不沾。
为师自尊，为学勤勉；
为将智勇，为政清廉；
为商不奸，为技精湛。
敬业爱岗，创优争先。
立足本职，立德立言。
面向社会，多做贡献。
报效国家，光耀祖先。

"小苹果"

"你是我的小苹果",
顶多是个烟台的。
口干也许解解渴,
若论多爱不好说。

"你是我的小苹果",
爱你就是爱一些。
有时胃凉不愿吃,
有时愿吃好几个。

"你是我的小苹果",
有你没你差不多。
不是太阳和月亮,
世上稀有只一个。

"你是我的小苹果",
一句歌词意味多。
对方若用此示爱,
你要钟情了不得。

困惑

年近花甲困惑多，
总是怀恋旧时光。
再不走雨天泥泞道，
却没了街中绿汪汪。
大房子，是敞亮。
睡不到先前的热乎炕。
电视整天不住地看，
忘不了电影村中放。
"酒肉山海吃不败"，
鱼肉再不是那么香。
医院一个挨一个，
疾病不住地长。
脏活累活都不干，
身体总不如先前壮。
子孙满堂天伦乐，
没了年轻的爹和娘……
闭上眼睛一思量，
越来越好大方向。
易老人生止不住，
鱼和熊掌不一样。

及时尽孝不能忘

整天东奔西忙，

淡忘了家中亲娘。

总觉她还年轻，

尽孝来日方长。

转眼年过半百，

母更白发苍苍。

双目哪天深陷，

牙齿何时掉光？

雷电不听声响，

腰腿疼痛难当，

电影无法欣赏，

美味难以品尝。

从小的泰山梦，

如今想也不想。

老天有情，

让我们母子一场。

岁月残酷，

没有留住的时光。

劝君莫蹉跎，

及时尽孝不能忘！

小心

路上正遵规前行，被人从后撞倒，因感而作。

天灾人祸多又多，
时时刻刻提防着。
怎样小心都不过，
小心小心还招惹。
遵规守矩路上走，
谁想身后能碰我？
防不胜防还须防，
只要防备就减祸。
虽说骑车看前面，
后视镜里应踅摸。

为诗

为诗而诗无谓思，
没有感觉胡着急。
有了生活涌激情，
灵感一出即为诗。

无题

攀比之风演愈烈，
奢侈之气盛而激。
官场反腐有成效，
倡廉难到百姓里。

惜缘

我不信五百次的回眸
换得今生的一次擦肩，
更不信百年修得渡同船。
我虽不是佛教徒，
但我点赞佛惜缘。
惜缘即与人为善，
惜缘即珍惜今天；
惜缘即热爱生活，
惜缘即豁达乐观。
否则必与人斤斤计较，
关系定磕磕绊绊；
机会不惜而失，

恼恨桩桩件件；
工作将成负担，
生活不堪劳烦……
珍惜吧朋友，
珍惜亲情友情爱情，
珍惜少年青年壮年。
珍惜你拥有的一切，
去拥抱更美的明天。

如此放生

山中活过半百年，
总共未遇几只獾。
今冬忽见满山有，
小獾个个刺猬般。
蜷坐空旷无蔽处，
瑟瑟缩缩不动弹。
按说此时獾蛰伏，
莫非地震要出现？
再视幼体瑟瑟相，
十冬腊月真可怜。
后来闻说人放生，
集上买来寄此山。

放生本是仁慈举，
如此放生太贸然。
买去可能当宠物，
至少生机有一线。
放在山中只有死，
不是冻死是狼咽。
半点不识獾习性，
放生比杀还凶残。
劝君不要想当然，
做事考虑要周全。
否则如同此放生，
不是救獾是害獾。

谈"顺者为孝"

顺者为孝自古道，
真孝不顺亦非孝。
老的吩咐光违拗，
气坏大人定不孝。
只是有时难判断：
如果一时迷心窍，
老的拿绳要上吊，
你是搬凳系套子，
还是直言来阻挠？
如果父母要犯法，
你是帮忙是劝告？
前者都是所谓"顺"，
明显都是后者好。

所以如若来论道，
一味讲"顺"不牢靠。
首先大孝在心中，
讲究方式很重要。
表面争取多顺从，
有时该拗还得拗。
诚诚实实待双亲，
善意谎言不可少。
年高就是老小孩，
也哄小孩也尽孝。

乐观

人生时日短，

不该不开颜。

灾难喜无理，

节哀顺自然。

麻烦天作主，

心情我把关。

永抱乐观态，

愉悦每一天。

误

见报上有文称梧桐紫花而作。

作者不懂编不懂，

误把泡桐作梧桐。

大人孩子尽相信，

不误凤凰落院中。

诗无标点

诗有标点不现代，
诗无标点装气派。
人缺眼眉与头发，
面目可憎丑八怪。
许多诗歌本难懂，
再无标点更阴霾。
神神道道一行行，
到哪一句随你猜。
复古倒退弃标点，
诗歌厄运文学灾。
罪魁大概是编者，
推波助澜不应该。

礼尚往来

君子结交，不计不较。

心中有数，你好他好。

礼尚往来，报李投桃。

往而不来，心中一笑。

千儿八百，财主不了。

一头二百，更是牛毛。

欠人情分，你不心焦？

落下口实，一生难消。

万勿抠门，人格重要。

君子与小人

君子就像有实的谷子，

对人毕恭毕敬，

谦逊有礼。

小人就是夏日的麻雀，

对谷胡蹬乱啄，

嚣张至极。

丢失果实谷子本能反抗，

一抬头，

自然也失了谦逊，

少了君子之气。

所以，

遇到小人君子自认倒霉，

谷子和麻雀没法说理。

若有别的，

就是加强修养再充实，

感动谷农护自己。

第四辑　百物有语

电脑与电冰箱的对话

电器之间有套特殊的语言，
他们只要见面都会交谈。
电脑从来就是小而精明，
说起话没了没完又刻薄尖酸。
"冰箱大傻，
你真不要脸：
外表温暖，内心冷寒，
表里不一，三刀两面。
主人对你信任有加，
你却常常行欺行骗。
按说你温度够低，
你却鱼肉白馍浪费连连……"
"请别说我什么冷暖，
主人看重的就是这点。
我冷藏本来就能力有限，
零度左右存不了多长时间，
可主人动辄三天五天十天。

信任过度只有交学费钱。
我曾多次奉劝：
给她菜上长出白毛，
给她馍上长出绿点……
可她老是不听，
我是口大难言。
不像你这小坏蛋，
腐蚀主人皮肤，
伤害主人双眼，
勾主人魂魄，
浪费主人时间。
小主人沉溺游戏你不管不问，
抄题剽窃你不问不管，
仍旧'欢迎使用'仰着笑脸。
觉着自己多么值钱，
你才是个害人精，
狼心狗肺大汉奸！"

没想到冰箱这个傻大个，
戳到疼处也这么能言善辩。
电脑气得直瞪眼，
一脸委屈光喊冤：
"我的本领非常大，
我的精华用不完。
天文地理无不包，
古今中外无不揽。
主人专选没用的，
一用就是长时间，
伤害身体别怨我，
葬送前程我无关。
'欢迎使用'用好的，
不是让他不沾贤。
当然我也有缺陷，
文字该写还得写，
纸书该看还得看，

美文该背还得背，
数字该算还得算。
鲜活的东西从你肚里取不出，
基本的能力从我脑中没法
端……"
"看来你我都有理，
不是都在主人边。
我们情况就如此，
胡乱使用不怨咱。"

落叶的自白

历经三季的洗礼，
我们早已一尘不染。
我们不是垃圾，
是城市一道特殊的风景线。
随风起舞多像纷飞的彩蝶，
铺在道上锦绣前程多么灿烂，
飘在院中真就铜满金满。
秋不仅是西风烈，霜花白，
黄花堆，南飞雁，
还有纷纷落叶街巷遍。
市民欣然赏落叶，
实实在在享秋天。
一叶知秋，
我们是数以万计的集体谢幕，
可想是何等的秋意盎然！

我们仍是大树的一部分，
正如花色传到你的眼睛，
花香飘到你的鼻端，
绿荫帮你遮蔽烈日，
落叶则直接使你脚下暄暄。
踩在上面窸窸响，
沐着清风，
感觉当会别有一番。
我们对大树永不舍，
对人们太眷恋。
我们从今年潜到明年，
再让春风吹上树尖。

大树与小草

大树嗤笑小草低，
小草偏与大树比。
结了种子随风起，
到得山巅钻入泥。
来年一场春雨过，
草儿出来呼妈咪。
大树闻声仰脸看，
小草在下笑嘻嘻：
"大树老兄看见没，
山巅之上我儿子！

枣树与酸枣树

高大枣树立园中，

旁有酸枣灌木丛。

乔木结出大红枣，

灌木果实小不丁。

大枣肉厚香又甜，

酸枣倒牙皮一层。

人们喜大都厌小，

酸枣仍旧意从容。

主人几日睡不着，

医生让把酸枣请。

主人一听挺纳闷，

酸枣知道笑盈盈。

献出仁心给主人：

"天生我材必有用"！

一棵树

一棵树像人一样在世上挺立，

种种因素决定了

他的质地优劣、胖瘦高低。

一年年春华、夏发、秋敛，

他尽力汲取阳光雨露的恩泽，

努力忍受狂风雷电的打击。

他的日子

像其春天的叶子一天天增多，

也像其秋后的彩衣一叶叶地丢失。

当生命即将终止，

他不禁问自己：

给世界留下了什么？

是伟岸的身躯还是成长的英姿，

是良木的家具还是鲜花的美丽，

是扎下的深根还是飘离的种子？

种子来年能否发芽，

根茎以后能否钻出大地？

上帝听到呵呵一笑：

孩子，无须在意，

我知道你已经努力。

山巅之树

山巅之树高高在上，
得意扬扬，
威风万般；
面对山腰树一脸鄙夷：
"你们再努力也高不过山巅。"
他认定了自己天生尊贵，
有头有脸，
总是向下发号施令，
可很多时候并不灵验：
南风来了，
山北之树一律岿然；
北风来了，
山南之树毫不动弹……
只有山顶树不断摇摆，
讨风头心欢。
虽然站得很高，
看得却未必很远，
因为山外之山挡住了他的视线。
其实，有山腰树木的层层阻隔，

他连山下也看不见。

无朋无友，
缺伙少伴。
虽有几棵同在山顶，
却争风吃醋，
钩心斗角日日天天。
这样过了多少年，
因自身不走正道，
又加山巅土壤贫瘠，
水分停留不便，
山腰树巍巍粗壮，
山巅树则猥猥寒酸。
一日，伐木工人走上山冈：
"栋梁之材都不在山巅！"
纵观山巅树一生，
对下妄自尊大，
对上媚骨奴颜；
下边厌恶，
上不喜欢。
与其说风光无限，
不如说十分可怜。

智者的忠告

大树很爱孩子，
天天左右不离。
小树高高兴兴，
一家欢欢喜喜。
越发疼爱有加，
越发娇里娇气。
不仅性格懦弱，
更在娇嬴身体。
年复一年愈甚，
全家万分着急。
树下之树怎长，
大树其咎难辞。

高树正值年轻，
四处开拓天地。
孩子不管不问，
一切任由自己。
树儿被逼无奈，
逼出许多本事。

泼辣顽强成长，
令人羡慕不已。
忽来一场风暴，
沙埋半截身子。
志坚躯体已残，
更有枝断叶离。
高树悲痛万分，
树儿咬牙切齿：
既恨风暴凶残，
也恨高树抛弃。

老树年事已高，
已无多少气力。
好在经验宝贵，
孙辈都成大器。
面对左右树邻，
诚恳提出建议：
"不能不问不管，
不能娇宠爱溺；
揽在怀中永远长不大，
距离过远谁给御风沙！"

嚣张的麻雀

被麻雀啄完了果粒，
谷子皱着眉把头扬起，
随之失去了以往的温良谦卑，
败坏了先前的君子之气。

长期的修为化作乌有，
麻雀不仅不道歉，
似乎还拾着正理：
"看你的德行！
趾高气扬，
说什么谦虚，
称什么君子！"

谷子被啄得头疼，
本来不想争辩，
此时真有点生气：
"老农辛苦半年，
我为他们结实。
你抢也就罢了，

何必如此无理？
德行由你破坏，
你还冷风热讥！"

麻雀怒睁双眼，
像他滚圆的肚子：
"此前我啄过一只小虫，
现在我就应该吃食。
愿吃多少都行，
管你什么屁事！
你就如此德行，
与我有何关系！"
愤愤蹬踹一阵，
一边喳喳叽叽。
无理也夺三分，
小人真真恣肆。

隔天麻雀又到，
刚刚站上谷枝，
嗖地飞来一弹，
麻雀应声落地。
老农守候多时，
叫你猖獗无理！

小蝌蚪访问记

蝌蚪记者正实习，
采访鸟兽一大批：
大雁小燕加老鼠，
青蛙黄鼬夜猫子……
"你对人类何态度，
人类对你可亲密？"

"我对人类无所谓，
人对我们倒爱惜：
飞过他们头顶上，
必向我行注目礼，
还唱歌儿赞美我，
《鸿雁》一曲响大地。"

"我爱人类人爱我，
我捕害虫有巧技。
人们请我住堂前，
不怕泥草落一地。
也有名曲唱我们：

年年花衣到这里……"
黄鼬相似夜猫子，
一提此事话不止：
"以前偷吃几只鸡，
现在捉鼠是专职。
为民除害很尽心，
人对我等却仇视。"
"听我一叫说晦气，
一见黄鼬'不吉利'。
莫非嫌我长得凶，
大概怨我声怪异。"
"以此决定爱与否，
人类真是太幼稚！"

老鼠本是害人精，
也说人类不拉理。
蝌蚪回家问爸妈，
就数爸妈有脑子。
看着青蛙很憨厚，
心中也有不平事：
"虽然人我两相爱，
有的没的遭讽刺：
'井底之蛙少见天'，

'癞蛤蟆想吃天鹅屁'……
没事观天常动脑，
悟出许多真道理：
要想获得人特爱，
不在做事不做事。
可知黄鼬猫头鹰，
做功再多有何益！
不在忠诚不忠诚，
没见大雁小燕子：
高高兴兴时不长，
环境一变就逃离。
二者人们依旧爱，
而且爱得了不滴。"
"人们究竟爱什么？"
"美貌再加好嗓子！
我的歌喉本不错，

害虫也捉千万只，
只因长相不够佳，
白在湾中接地气。"
说到此处蛙不语，
只在水边翻肚皮，
翻会儿肚皮一阵叫，
不平则鸣蛙之理。

蝌蚪访了一大圈，
长辈之语信又疑。
人们已经大进步，
不会迷信凶与吉。
爱美之心人皆有，
程度有别是事实，
只要不像老鼠坏，
飞禽走兽人都喜。

黄鼬与猫

黄鼬与猫是志同道合的朋友，
从祖上就约定专心为人类捕
鼠。
可是两个自制力都不强，
都犯过一些不大不小的错误。
黄鼬早先偶尔偷鸡，
对馋嘴把持不住。
搞得邻居一宅惊恐，
四邻不安，
全村憎恶。
猫更是馋得有名，
谁家吃好的就往谁家去。
从此人们有了结论：
"狗是忠臣，猫是奸臣，"
"猫永远养不住。"
黄鼬呢，
人们似乎只记住了他吃鸡，
不知道还会捕鼠。

面对残酷的现实，
两个机灵鬼非常懊悔，
又十分冤屈。
悔不该恣意妄为，
沦落到这地步；
冤的是人们忘记了他们的好
处。
于是凑在一块合计，
探讨挽回局面的出路。
他们意见统一，
措施具体，
目标清楚：
"都是'馋'字惹的祸，
管住嘴巴不含糊！"
"你争取不偷鸡，
我争取不换主。"

改革开放环境变，
家家户户都富足，

蛋肉鸡鱼天天吃，

谁还麻烦入他户！

白猫黑猫皆好猫，

忠心耿耿事一主。

黄鼬转变也似猫，

主要原因形势促：

户户村村不养鸡，

想偷也无恁去处。

养鸡专户设备好，

黄鼬着实难入足。

年久不闻拉鸡声，

人们不禁犯嘀咕：

黄鼠狼子今何在？[1]

夜里和猫正捕鼠。

[1]　"黄鼠狼"，黄鼬之别名。

第五辑　万事留痕

送别

恢复高考初，考上个中专远比现在考上个一本稀罕。虽不摆酒宴，但送别场面令人难忘。当年所写原稿丢失，现追记如下。

街坊邻居送至村头，

同学工友别于路口。[1]

小雨淅淅不忍离，

凉风吹面勤挽留。

嘱咐关心灌满耳，

鼓励憧憬不绝口。

放心吧父老乡亲，

再见了同学朋友！

不怕道路泥泞，

何惧离开章丘！

远方有继续革命的加油站，

还我青春我加油。

实现四化同奋斗，[2]

几年以后再携手！

[1] 当时已当工人两年。

[2] "还我青春""继续革命""实现四化"是当时常喊的政治口号。

迁居绣中

阳春三月景光明，
搬家南涧到绣中。
一路鲜花一路曲，
十分春色十分情。

听雨

昨夜大雨雷声震，
八个多月仅一场。
何人一宿不能寐，
欣赏怕停合计忙。

硬化街面

要路不要树，

东庄又西庄。

老朽都留下，

少壮全杀光。[1]

卫生很整洁，

环境大受伤。

灰灰水泥色，

黯黯我心凉。

---

[1] 为修路把街上大大小小的有生机的树木全部毁掉，只留下一棵半棵几百年树龄的枯空国槐或松柏。

上班路上（二首）

一

单车伴奏小声唱，
满面春风迎朝阳。
忽然路面起尘灰，
呜拉官轿过身旁。[1]
路上斜眼视豪车，
不由遮面拒肮脏。
轻掸素衣登前程，
左右同行笑脸张。

二

鸟枪换炮电动车，
轻松上班一路歌。
那边过去扫路机，
对面开来洒水车。
柏油道宽井然序，
轿子公少私人多。
小城十年生巨变，
初见社会官民和。

---

[1] 当时轿车多是公车，私人很少有；路面卫生不行，所以扬尘。

一天

尖厉北风割面吹，

阵阵寒雪簌簌飞。

又阴又晴天不定，

忽胀忽痛病堪危。

早晨骑车上班去，

中午回转有请客儿。

午间喝酒至天黑，

守义大禄醉微微。

贺年短信（二首）

一

爆竹声声响，

才兵短信来。

友谊天地久，

兄弟难释怀。

去年多喜事，

今年发大财。

恭祝合家欢，

预贺升大官儿。

二

归山瑞虎遗祥瑞，

下凡玉兔不平凡。

春满人间无限好，

继往开来又一年。

卖门

骑车相公木器厂，
大道不走小路趟。
麦苗茵茵柳丝绿，
桃花粉粉迎春黄。
问路大嫂桑园村，
指道妹子张家庄。
去来一样心愉悦，
卖门无着也无妨。

启锁

晨未起，电话急：

楼梯锁，不能启。

要下楼，内竖梯。

一头午，未别滴。

过来人，都试试。

庶千情，守富义，

圵延森，大站弟，

守洪叔，力不及……

十二点，砸了之。

一把锁，五元矣，

早砸掉，多省力！

人不知，配钥匙，

二十把，都废弃。

既花钱，又费时，

不无奈，谁舍得？

好些事，都如此：

不得已，才用极。

思念（三首）

一

难忘三十八年前，
青春做伴与君缘。
美妙光阴无情过，
温暖季节常思怜。
又是一年春好日，
还背两首应时篇：
"人面不知何处去"，
"东风无力百花残"。

二

又是三月末，
还想二同学。
难忘黄褂子，
永记自行车。
旧地已新颜，
故人还旧色？
苍天若有情，

今生能见我。

三

我在山东君山西，
我是三二君三一。[1]
难忘七六三一五，[2]
牢记绣江明一地。
一个锅里抡勺子，
一间屋内共学习。
纯洁友谊多朴实，
革命感情不相思。

---

[1] 座号。
[2] 一九七六年三月十五日，我们去明一随"农业学大寨工作组"驻队锻炼，住在绣江河畔。

儿童节

黄花山上树荫凉，
收到短信喜洋洋。
你我共过儿童节，
心少人少都健康。

过去的事情不再提

谁的不是谁的理，
事情过去不再提。
从彼到此许多事，
以后还有试金石。

梦境

"别时容易见时难，"
一在山西一泰安。
岱岳尚能去一游，
绝计难去吕梁山。
一日三人遇南天，
相见容易相认难。
声音娇娇似少女，
面容苍苍老妪颜。
听来听去老同学，
看上看下不一般。
似乎哪里有点像，
越审越是想当年。
白白净净两张脸，
黑白分明四只眼。
昔日看过若干回，
今天再观真神仙。
可惜二人皆麻木，
木然漠然眼不睐。

上天恩赐巧安排，
如若不认我不甘。
壮壮胆子喊一声，
喂喂同学认认俺！
天天盼来夜夜盼，
一晃三十五六年。
当初没觉怎么样，
越到老年越思念。
每天念叨八十遍，
终于等到这一天。
三双老手握一起，
对象在旁也不管。
纯洁友谊终生记，
难忘一九七六年。
千言万语说不尽，
一万多天如何谈！
一急之下梦醒来，
只恨手机没记完。

好日子

婆婆妈妈琐屑事，
写点东西不容易。
碌碌无为两万天，
头昏脑涨五十几。

心病又添肾囊里，
医生无事腰不适。
放开胸怀看生活，
心好就是好日子。

挖树窝

骑车上南陵，
妻子无影踪。
听说有小雪，
准备栽树工。
连出柴火去，
刨起坷垃松。
挖好五十个，
收工雪飘零。

续修家谱（三首）

一

一晨鸟鸣半夜风，
辗转反侧只有听。
左思右想家谱事，
不知不觉到天明。

二

海峡两岸传家讯，
长城内外觅宗亲。
五世同堂乐融融，
一族亲密徐家人。

三

礼炮震天响，
老幼喜洋洋。
续谱大功竣，
徐氏庆典忙。
族众百余户，
今日聚一堂。
家兴人马壮，
勠力创辉煌。

忆游

去年今日太阳岛，
江中有冻冰无雕。
五A景点不入时，
公园只有雪兔好。

这那

年轻盼着子长大，
长大以后干这那。
一晃就是几十载，
他没这那我这那。[1]

---

[1]　孩子未出人头地，我却这病那病。

菩萨蛮·当证人

得传骑车到三涧，
匆匆写了一身汗。
前番证明人，
今日受质询。

不怕苦和累，
就怕受拖累。
个个都热情，
担心没影踪。

上坟

七月十五日炎炎，

末伏还剩末一天。

山中祭祖浑身汗，

蜱虫爬满白衣衫。

想是爷爷惩罚我：

活着不疼死了念。

或者以此提醒我：

天热虫多勿明年。

为孙猛然心中悟：

"一滴何曾到九泉"！

梦醒

昨夜噩梦又下山，

梦里也是死心眼。

左试右探没法下，

何不转身向上攀？

虞美人

仿李煜而不消沉。

春花秋月实在好，
光阴太快了。
故园萧萧又西风，
绿叶变黄凋零急匆匆。

鸿雁北飞声犹在，
南归雁又败。
人生在世几十秋，
自当只争朝夕无停留。

遇学生而不识

三十少妇俊巴巴，
姣姣芳名××霞。
左思右想无印象，
回路忽然想起她：
××妹妹高挑个，
美若天仙歌喉佳。
乐师选中科代表，
今日开火明日夸。

惊诗

探路地头黄草丛，
山鸡一只扑棱棱。
猛然惊出一身汗，
定下心神诗意生。

蒸糕

从小到大吃不少，
没想六十学蒸糕。
三锅下来手腕痛，
老娘在旁笑眼瞧。

拜年（二首）

一

光阴真如箭，
日子穿梭般。
春节刚过完，
今天又拜年。

二

萍水相逢陌路人，
旅途孤独分外亲。
天南地北各说各，
既增阅历又解闷。
百年修得同船渡，
理当珍惜此缘分。
留下电话与地址，
今日拜年别样心。

搬家

绣中十六载，
今日要回来。
去时遍地花，
归兮漫天霾。
不惑真困惑，
知命不感慨。
子女自有福，
何须头发白。

又推磨

几十年前天天天，
围着磨道转转转。
人小力薄推推推，
浑身上下汗汗汗。
卷起煎饼黑黑黑，
舌头发涩咽咽咽。
而今白馍俗俗俗，
要吃传统摊摊摊。
又抱磨棍晕晕晕，
发现身体完完完。

木兰花·看旧贺卡

教学之日年年到，
扔了不知有多少。
今天一看感慨多，
失去才知何为宝。

方方贺卡言辞妙，
笑脸张张眼前俏。
忽然又处教室中，
当老师时却不老。

惊觉

大风一宿刮不停，

早晨仍响夜里声。

吱吱哐哐几百次，

迷迷糊糊睡无终。

自己之事好办妥，

外界干扰难从容。

钉上他窗不作响，[1]

方知私事有环境。

---

[1]　邻居坍漏之房破窗未关。

木兰花·雅安地震周年

去年今日都江堰，
八点正等三两面。
天摇地动一哆嗦，
雅安地震魔身现。

虽距震中二百里，
当时场景也胆战。
时时处处多小心，
人间不缺是灾难。

挖蒲公英

养军村外多麦田，
良药美菜尽情剜。[1]
嫩的肥大生堰根，
老的干瘦长道边。
麦浪滚滚在脚下，
绿意浓浓是南山。
多年未享踏青趣，
今朝蓦然到心间。

---

[1]　蒲公英既能做成美食，又具消炎败火之功效。

忽见杏花

几天不来家西走，
忽然杏花满枝头。
光去村南赏茵陈，
不知此处最风流。

参加王白徐氏家族拜谱仪式

孟家、南涧、王白村，
章丘三方徐姓人。
五百年前是一家，
同祖同根永远亲。

"中到大雨"

　　气象预报有中到大雨，叫人欣喜不已，可结果令人无限失望。

半年不下枉天公，
土地干裂硬绷绷。
五一将至须种棉，
好雨当急乃发生。

夜以继日细密密，
"中到大雨"毛茸茸。
一扒地下二指湿，
薄膜难断蒙不蒙。

练字（三首）

一

腰发酸，

腕发麻，

头发晕，

眼发花，

鼻不透气背皱巴，

想练手字身体差。

养心性，

练书法，

我练毛笔近自杀。

干点活，

怕掉价，

文差事，

无用家，

文学创作脑子空，

不练书法能干啥！

巧安排，

多穿插，

一样练成大写家。

二

蒙头涨脑乱画拉，

字不长进暗咬牙。

看罢迎江知能为，[1]

明天毛帖要进家。

三

几家帖子细钻研，

求进更舍花本钱：

买笔买砚买宣纸，

置案腾房扩空间。

善于学习多借鉴，

敢于创新须大胆。

相信技艺熟中巧，

三年不行看五年。

---

[1] 迎江系同学，其毛体练得炉火纯青。

如梦令·残酷

叔叔婶娘伯父，
得病亲人连续。
都言病性格，
伯婶温良无怒。
残酷，残酷，
老天瞎眼之故。

看地

大风够八级，
害怕薄膜撕。
早起上山坡，
近地知安逸。
膜下绿点点，
棉苗娇滴滴。
回家双膝凉，
心里乐滋滋。

第六次人口普查（二首）

一

采桑子

人口普查第六次，

不同寻常。

无上荣光，

国家大事我在忙。

身为指导责任重，

催检教帮。

入户紧张，

办公室里夜餐香。

二

人口普查，全民动员。

有幸参加，重任在肩。

短表长表，自先过关。

催查教帮，不胜劳烦。

长短不符，备受熬煎。

接访造访，障碍连连。

夜以继日，一百余天。

磕磕绊绊，任务干完。

虽有不顺，结局圆满。

明四欢送，街办会餐。

千元补助，喜事连连。

又交朋友，甚是心欢。

自悯

狂风又吼一昼夜，
打孔薄膜都刮破。
棉苗死了三之一，
未死之苗也难活。
甩打不死也旱死，
模内水分实不多。
扶苗封口又压土，
一样活路三次做。
都说君子坦荡荡，
面对此情如何乐！
乐天不忍观刈麦，
李绅自有悯农歌。
诗圣更怨风怒号，
戚戚也因老天爷。
但愿此风唤春雨，
再多破点也值得。

住院（六首）

一、木兰花·手术

五十岁前没输水，
近载就医多受罪。
前次扎烂右胳膊，[1]
这次糟蹋左小腿。

中医B超栓静脉儿，
市院否定中院会。
可怕省中占位说，
割开原是错误对。[2]

二、看扒楼

住院看扒楼，
不禁忆旧游。

当初常聚处，
以后不存留。
往事依稀在，
哥们渐渐休。
又少联络点，
何谈再碰头！

三、别病友

朝夕相处十余天，
屋门难出同病怜。
谈天说地很惬意，
修得同屋确有缘。
世上宴席总需散，
今日病友要回还。
身体康复应欢喜，
握手摇臂泪涟涟。

四、玉楼春·病床趣

囊肿切除于腿肚，

---

[1]　前年给我采血，扎得右胳膊鲜血淋漓，竟没采出来。
[2]　结果是市中医院的B超结论正确。

病榻上边也有趣。
时间充分尽构思，
无病卧床有心绪。[1]

伤口不疼疼踝处，
移转注意躺得住：
杜撰诗作二十篇，
拐杖一提床下去！

五、出院

廿天光喘空调气，
今日得沐自然风。
难离病室三两步，
能走楼下四五程。
空气如洗阳过滤，
树木似亲花有情。
上车出院回家去，
总觉酷似脱囚笼。

六、恨病

心腹之患依旧在，
皮肉之瘤腿又生。
是良非良不介意，
耽误大事太无情。

---

[1] 所谓"无病"是指除伤口外没其他疾病。

病榻上（二首）

一

僵卧孤村能不哀，

老病不去新病来？

一事无成万事等，

半身已就土中埋。

二

频频电话铃，

个个悲怜声。

亲朋挚诚语，

句句暖心中。

灾难

二〇一四大灾年，
姊妹几人多有难。
腿上肿包是小耳，
他处灾难不堪言。
病榻一张醒又睡，
噩梦一场破又圆。
今朝跌入最低谷，
明日一样至峰巅。

唱夕阳

病床之上瞎思量，
以后短暂以前长。
峥嵘岁月一梦过，
秋后草木几日黄。
人生在世何其短，
意悔当初胡乱忙。
要借余晖做点事，
不叹凄凉唱夕阳。

邂逅老友

昌辉邂逅老朋友，
个个亲切频握手。
嘘寒问暖话无尽，
说长道短杯有酒。
今生缘分修前世，
昔日友谊染白头。
三年五载难见面，
都恨时光不倒流。

感恩

婶子大娘送鸡蛋，
弟兄姊妹都来看。
长瘤一个邻里虑，
住院半月亲朋怜。
礼物不在多和少，
爱心全凭一二言。
情谊无价永难忘，
他日有事加倍还。

浣溪沙·顶住

美满生活何其甜。
姐夫重病多可怜。
日子从此要转弯。

但愿姐姐顶得住，
生孙升学又升迁。
家庭仍旧大联欢。

长白山庄看闺女

长白山麓平柳翠，

摩诃峰顶绿葱茏。

山庄处处熟黄杏，

小院嗡嗡闹蜜蜂。

菜畦青青满园香，

石榴艳艳迎门红。

徐崔两家十三口，

一天热闹在其中。

房客

今日九时签协议，
绣中赁房有意思。
英俊男士洒脱脱，
漂亮女郎笑眯眯。
称兄道弟若干遍，
排这解那几多疑。
短信发来女××，
师生同床不同时。

沉住气

未搬老家先修理，
赶紧吊棚刮好瓷。
不足半年形势变，
家家户户盖房子。
思来想去也得盖，
不然我家"在井里"。
只是有点小嘀咕：
刚刚装修太可惜。

新厕栏圈浇制住，
本想拉满这辈子。
还没盖完学生赁，
一赁赁上人几十。
半年下来半栏圈，
买了粪勺挖茅斯。
找兄焊了盛粪车，
另备粪筲好几只。
又臭又脏又累人，

不挖满了没法治。

后来发觉此法笨，
找料找兄焊撇子。
焊好撇子不几天，
有了专门抽粪的。
一车能盛大半栏，
费用仅仅四五十。
撇子粪车扔一边，
早知有此费那事！

计划不如变化快，
做事尚须沉住气。
非干不可必须干，
能不干的莫着急。
高瞻远瞩长处看，
调查分析多省力。

住院遇学生

桃李遍天下，
不吃看亦佳。
赏心又悦目，
孤芳不自夸。
医院十余人，
大夫八九家。[1]
蓦然叫老师，
忽忆当年他。

---

[1]　县医院有十余学生供职，医、护各半。

种庄稼（二首）

一

前天大雨下，
今日种庄稼。
满坡皆是人，
遍地都"绣花"。
种子及时下，
芽儿不久发。
黄底深浅绿，
巨幅到天涯。

二

农时不能延，
把好播种关。
耕耘莫懈怠，
果实任由天。

探病人

几月放化疗，
昨晚刚刚回。
行动还似人，
模样像个鬼。
糊脸歪歪嘴，
脖粗黢黢黑。
说话呜呜拉，
潇洒半点没。

有啥别有病，
有病都倒霉。
家人折腾煞，
病人活受罪。

亲戚常担心，
街坊也破费。
这些都无妨，
最悲命堪危。

生病不可免，
早晚有此回。
讲究养生道，
主观有作为。
过好每一天，
该谁就是谁。

走定陶

　　儿子考上山大附中分校（址定陶），机会不错，但地方远，更重要的是以后生活不便。经商量，只要定陶环境好就去，于是爷仨定陶一游。

山大附中单位好，

定陶薪低此校高。

只是家远地又僻，

娶妻哪头两边跑。

翻来覆去拿不准，

左思右想走定陶。

按说偏地山水妙，

一到定陶不忍瞧。

绿化不行环境差，

处处都有臭气飘。

工资低廉物价贵，

街面不窄车辆少。

一观一住又一吃，

次日直接往家跑。

等面试（三首）

儿子考章丘教师笔试过关，第七名，取九人，竞争激烈。面试之日提心吊胆。

一、浣溪沙

几日焦虑心不宁，
小孩面试中不中？
且盼今天榜有名。

五到十名一分内，
谁上谁下都可能。
但求神灵保成功。

二

抽签四号早该回，
时至中午音讯没。
怕有恶果不敢问，
忧心忡忡盼儿归。

饭菜热过两三遍，
钟表看了八九回。
冒险一问"刚有信儿"，
"十四人中考第一！"

三、喜讯传来

绝望之情渐渐生，
突然捷报传耳中。
喜极而泣难自已，
得意忘形不自胜。
连日妻子愁闷闷，
顿时含泪笑盈盈。
升学好坏有何用，
就业才是大工程。

忧喜

前六月重重灾难，
下半年喜事连连。
大人生病属正常，
子女出息最值钱。
三地四校任选择，[1]
一本二本很简单。[2]
更有大棚二亩半，[3]
昊儿结婚尽开颜。

---

[1]　今夏儿子考上山大附中、历城、章丘等地老师。
[2]　甥女一个考上自主招生，一个在耽误大半年的情况下轻松考上二本。
[3]　妹妹建了个大棚。

师生聚

十年拒酒今开禁，
师生见面分外亲。
一席总谈当年事，
卅岁难忘旧时春。
昔日谁料小毛孩，
今朝名闻官大人。
千杯万言亲不够，
身体所限暂停樽。

干旱

抬头看云云无影，

低头寻风风无踪。

白日骄阳如下火，

晚间卧室似蒸笼。

棉花耐旱旱萎蔫，

棒子"脱裤"已变形。[1]

满坡庄稼不忍视，

扰人鸣蝉未住声。

---

[1]　由于干旱，棒子下部叶子脱下，农家称之为"脱裤"。

夏日一夜

一宿电扇晨有汗，

五更黏糊夜无眠。

忽然蚊虫又一口，

热痒难耐倍熬煎。

歇夏

暑气蒸腾地要干，

"挂了锄钩"任由天。[1]

谋事在人心已尽，

摆上扑克消夏炎。

---

[1]　作物已大，没法再锄，把锄放起来，农人称之为"挂锄钩"；
"任由天"指旱地靠天吃饭。

电话

三年未见真想念，
无事无须电话联。
今日一叫董学生，
"好"声三串到耳边。
"甜言蜜语"多亲切，
细声细气如当年。
一提当年又陶醉，
师生情谊满心间。

如梦令·与学生逛山

未忘山村南峪，
酸枣宝珠无数。
师生遍树林，
此呼彼应饶趣。
日暮，日暮，
欢笑洒满归路。

师生聚会（二首）

一

师生再聚会，

还议旧与今。

一别十五载，

才凑三十人。

长芳张店去，

王锋济南奔。

成家父母子，

立业中年辛。

二、如梦令

欢声笑语一片，

酒杯叮当不断。

师生又团圆，

十年难会一面。

不散，不散，

下次何时再见！

浇棒子

近月无大雨，
棒子半枯焦。
虽说"任由天"
人浇我亦浇。[1]
条沟顺管子，
晌时方轮着。
午间实在热，
灼灼似火烧。
汗流又浃背，
眼里火星冒。
看看枯蔫苗，
不知谁难熬。

---

[1]　用自来水浇地，很勉强。

投入

塑料薄膜早发苗，
别人不出我已高。
雨水不多气温低，
我棉更显长势好。
小暑不到果枝多，
满身是花已齐腰。
可惜伏旱太严重，
近月无雨蕾全掉。
人家棵小正耐旱，
花蕾串串满枝条。
地膜棉花近绝产，
此情好不叫人恼。
结果似有天注定，
该投入的不能少。
如若旱中一场雨，
多投一分十分报。

如梦令·虚惊一场

常记杏林水库，

教子学泳惊趣。

里面我扶行，

矍然双脚无触。

举住，举住，

瞬间忽又着陆。[1]

---

[1]　后查水库西都底有许多米数深的"小井"，一脚陷下自然"无底"，担心孩子也如此则极度恐惧，便拼命挣扎，"井"并不粗，随即着陆。

见识

——东北之行小结

行程十日好匆忙，
三省之见不寻常。
见识了农家的大热炕，
见识了邻间的小矮墙；
见识了家家棒子秸秆一大垛，
见识了户户酸菜一大缸；
见识了村里的麻将馆，
见识了后面菜园前边房；
见识了正宗黏豆包，
见识了开江杂鱼喷喷香；
见识了大碗吃酒大块肉，
见识了关外人的风趣与豪放；
见识了三江交汇黑土地，
见识了塞北飞雪好风光；
见识了风能发电一片片，
见识了油田钻机自动忙；
见识了黄龙府的古辽塔，
见识了太阳岛上松花江；

见识了伪满八大部，
见识了沈阳故宫妃孝庄；
见识了表姐的"印钞机"，
见识了表弟的赁房账；
见识了表嫂百人幼儿园，
见识了表哥三层商铺一大趟；
见识了表妹夫录音棚，
见识了表姐夫当局长；
见识了兄弟姐妹发大财，
见识了姨母孝顺子女一大帮；
见识了农安城里绿的多，[1]
见识了火车座下睡得香……
此行处处长见识，
见识使我见识广。

———————

[1] 绿的，绿色出租车

敬酒

甥女高考庆功宴，
破例斟酌小半杯。
佳酿端起敬贤哥，
"酒鬼"拿杯饮茶水。
我心凄凄愧大意，
他脸赧赧恨病体。
但愿"徐浩结婚日"，
"共饮白酒"都无事。[1]

---

[1]　此时好喝酒的姐夫已重病在身，引文是其原话。

收发短信

学生尊师师有幸，

感谢——情谊诚。

字字珠玑比金贵，

短信一则到心中。

手机难使归手笨，

执意必回因意浓。

当年信来千万封，

不及如今问一声。

忙

拆墙、刮瓷、打床，
购置家具新房。
借钱、贷款、买车，
月来谁如我忙！

取款

头午存上下午取，
不好意思笑容出。
一笑笑出"徐老师"
只觉面熟名不熟。

马年旱

季半蛙声未听见，

一场秋雨经四天。

气温又降十来度，

庄稼未死也枉然。

廿年不曾如今载，

大粮作物近绝产。

幸亏农人另有路，

莫信牛马好种田。[1]

---

[1]　有农谚曰："牛马年，好种田。"

淫雨

叁样棒子刚上房，[1]
寒露淫雨逞凶狂。
爽爽萧瑟裹风摧，
阵阵肃杀透心凉。
日夜折腾无停意，
半年干旱要补上。
老天真会捉弄人，
一点收获已泡汤。

---

[1] 平房顶上当晒场。

问题

不忙农事忙喜事，
除了喝酒就坐席。
昨日三百今五百，
明天闺女后天儿。
你随我还礼往来，
年增月涨大开支。
入不敷出无奈何，
要行人事没问题。

"总管"（二首）

一

写帖复记账，

"总管"不好当。

难吃囵囵饭，

勿想棋牌场。

一笔记差失，

三年闹惆怅。

纷乱大厅里，

安席难比羊。

二

亲朋好友街坊中，

公事红白重又重。

三日消停身不适，

一年哪有几天宁。

"积极入世"算能耐，

消极怠工理不容。

哪里都需热心人，

天生我材当有用。

晚年

五十五岁始练字，
五十七岁诗百章。
子女尚未全成人，
注定晚年不寻常。
同学个个成爷老，
接送孩子是正桩。
辈分一低老得慢，
多干十年又何妨！
半生碌碌虚度过，
全靠今后创辉煌。
终老之前忆一生，
当数晚年最灵光。

自嘲

"叶焦根烂心不死"，

干葱一比最合适。

秋季过去天已凉，

空有一腔复活志。

从前难遇时机好，

如今更无熟锅子。[1]

孤芳自赏了不起，

年近六十嗟何及！

---

[1] 有句讽刺人的熟语："觉着自己是棵葱，谁拿你熟锅子。"略取其意。

装修

装修大心病，
前后半月工。
监督又设计，
买漆再购灯。
扫除累死人，
讲价难为情。
狮子大开口，
两万中不中？[1]

---

[1]　简装，原先问过师傅，说大概一万五千元，最后在自购灯具、乳胶漆的情况下居然要两万。

忙喜事

俩月无暇词，

满腹几多诗。

事事都有情，

首首皆沾喜。

装修一所房，

打扫俩星期。

三进电器城，

五出龙盘里。[1]

木兰备出征，

南北又东西。

---

[1]　龙盘，家具城名。

悼素璞

素璞今日舍我去，

"架子"已无我靠何。[1]

音容笑貌清楚楚，

阳世阴曹混浊浊。

廿年相见二十少，[2]

终生永别半面多。

好人的确无长寿，

老天瞎眼奈若何！

---

[1] 当年与素璞同位，常倚在他肩上，老师称他是我的"狗肉架子"。

[2] 近二十年来见面甚少。

说梦

云山雾罩去，
海市蜃楼开。
抬脚离地飞，
落地旧家宅。
时常孩提事，
偶尔逝者来。
又过童年日，
沟通阴阳界。
真幻难分辨，
虚实莫费猜。
得失不为准，
悲欢勿挂怀。
灾难是噩梦，
喜乐好梦乖。
谁说五十岁，
当言年一百。

观山

启窗见山巅，
不禁忆当年。
层岭波浪滚，
镰桨鞋是船。
翻山履平地，
惊涛若等闲。
一觉年垂暮，
登山像登天。

甲午冬暖（二首）

一

元月十日，三九第二天，−1℃—12℃，
章丘交警大队盖新门正泥墙。

甲午只剩月时光，
冬日过半暖洋洋。
雪花不敢来跳舞，
三九却见能泥墙。

二

元月二十五日一天细雨，冬暖如此。

小雨一昼夜，
大雾两三天。
三九大寒过，
卅冬暖今年。

刨狰狰根（三首）[1]

一

胡山林场刨狰狰，
三九我与大华兄。
寻死觅活林里钻，
上沟爬崖峪中行。
优者难得庸者众，
结果不多贵过程。
正如所求狰狰根，
木质绝佳不唯形。

二

百户千人觅狰狰，
狰狰一时红又红。
死的挖净刨活的，

大山找没搜小峰。
默默无闻很安全，
一旦出名要除名。
狰狰命运好与否，
全在虚荣不虚荣。

三

红如火炬招人羡，
胡山林场家之南。
发现一个如获宝，
愉悦之情不可言。

---

[1] "狰狰"之名系百姓俗称，其学名叫小叶鼠李。此木长刺，灰皮白肉铜红心，质地细腻坚硬，密度高，根部会形成许多奇特造型。除去皮肉，色、质、形兼美，很具观赏性。可皮肉太难剔除，寻求死的会省很多功夫。而没有活的就找不到死的，所以有"寻死觅活"等之说。

寄荣哥

面面相视桌对桌，

心心相印我与哥。

"汉奸褂子"新一件，[1]

酥心奶糖老大些。

工作扑克两相娱，

正经闲话尽情说。

美好时光真嫌少，

青壮八年又几何！

---

[1]　当时男士兴穿大花褂子，荣哥给买了一件，让我赶时髦，可不合体，有同事戏称像个汉奸。

回家过年

飘荡十几月，
回家过大年。
不惜机票贵，
无惧旅程艰。
风筝飞再高，
亲情一线牵。
团圆三五日，
出门心既安。

初一扑克

围坐一大桌，
非酒亦非宴。
弟兄真亲热，
扑克大联欢。
午后抓紧到，
黑前尽情玩。
明朝各南北，
一年只半天。

过大年（二首）

一

忙天火地扫除，
东奔西走买年。
火树银花灿烂，
爆竹礼炮震天。
村村镇镇热闹，
家家户户团圆。
你来我往串门，
男女老少心欢。

二

"好"字声声美，
饭菜阵阵香。
空中喜气溢，
心里激情扬。
惠风多和畅，
佳日多安详
但愿天天年，
永驻好时光。

记儿子婚典

楼梯拥挤比集攘，

大厅单间上下忙。

人声鼎沸响觥筹，

笑语如潮溢祥光。

"红图"喜烟真红火，[1]

"豪情"美酒确豪放。[2]

良友亲朋大聚会，

儿子婚典够排场！

---

[1]　红图牌香烟，烟盒彤红。

[2]　"豪情"指"百脉豪情"（白酒名）。

收礼

一总十一万，
所剩无几多。
花销忒大手，
攀比不小做。
仪仗很潇洒，
吃喝挺阔绰。
人人都开心，
还账只靠爹。

观家西杏花（二首）

一

唯恐错过赏杏花，
元宵节至细观察。
含苞欲放娇滴滴，
笑口微张羞答答。

二

又是不知起哪天，
家西杏花艳鲜鲜。
朵朵枝枝一树树，
红红粉粉烂漫漫。

四伙人

一伙扑克棋，
二伙磨嘴皮。
三伙漫山转，
四伙同上集。
老来伙伴多，
时时不寞寂。
活动多样化，
开心又健体。

十八伙人

——讽儿子

写自己伙伴，不由想起孩子的玩伴。

三伙饭店酒，
四伙打篮球。
五伙扑克牌，
六伙四处游。
纨绔争帅气，
倜傥比风流。
年轻玩伴多，
等闲白了头。

根雕情

漫山遍野寻，
获宝心底亲。
除皮猛下力，
设计多费神。
天地象形造，
人工因势新。
雕琢花工夫，
打磨须认真。
完成细端详，
真是艺术品！

取名字

五行缺火名来添，
带火取名光焰焰。
灼灼烁烁多明亮，
煜煜煌煌真耀眼。
焱燚烨炜皆不错，
灿炅炫焕都可圈。
红红火火熠熠辉，
好中挑优叫煜煊。

当孩子第一次给你夹菜

当孩子第一次给你夹菜，
朋友，你是一种什么情怀？
是好笑还是心酸，
是生气还是可爱，
是感动还是奇怪？
你可能嫌我问得离谱，
一些感念不可能存在；
也可能说我问得见外，
自己的孩子哪有什么这情那态。
不，因为我当时就那么百感交集，
就那么好不自在。
一时竟不知所措，
飞飞呆呆。
仔细想来也有因有解：
从小都是对他疼爱有加，
端饭夹菜，
蓦然反转，
怎不觉好笑又奇怪？

我手脚灵动，自己家里，
你多此一举，夹什么菜！

日子如叶，
先增后衰，
一晃早年过半百。
双鬓如染，
多病缠身，
如今又背许多债……
闪念至此，
忽就鼻子一酸，
差点落下泪来。
要知孩子是在家中，
不是场合之上礼貌作态，
发自内心的孝敬，
百分之百的爱戴——
真长大了，
怎能不觉万分可爱！
啊，孩子的第一次夹菜，
竟让一个父亲心潮澎湃！
亲爱的朋友，
亲爱的小孩，
这就是我的真诚告白。

采菊花芽

采了一兜菊花芽，
"专家"一看笑哈哈。
明为路边胖水蒿，
哪是山中野菊花。
只缘外形太相似，
唯有经验能明察。
认识事物靠实践，
经人一点收获大。

查伊人

网上传来伊人情，
二十个人第一名。[1]
说像不像有点像，
想舍难舍三分形。
上看下看无结果，
左审右察不吱声。
记下地址翻地图，
大同秀山找分明。
明日一封挂号信，
后天就到你手中。

---

[1] 让人从网上查出结果，共二十个同名者，第一个有点像。

雨后寒食上坟

三天雨过阴沉沉，

路湿寒食好上坟。

东陵西坡人上下，

南沟北崖欲断魂。

往年防火限烧纸，

今日护林最清心。

任香任火随便点，

都趁良机焚纸墩。

爷爷奶奶一大个，

数目当有亿万金。

东北二姨刚逝去，

邮上外甥一片心。

亲人那边好好过，

勿忘佑护阳世人。

世世代代香火旺，

年年清明有上坟。

关于龙爪槐的对话

祖孙二人公园散步，

在一行龙爪槐前驻足。

"爷爷：这是什么树？"

"你不见叶子小而密，

身子滑而绿，

开着黄色碎花，

簇簇香气馥郁？"

"国槐怎么这样抽搐。

远不像故乡村口的'巨伞'，

也不似村中那棵空树威武。

它们能长大不？"

"这是国槐的特例，

是人们溺爱之故；

放不开手脚，

不易长成参天大树。"

寄信

查好伊地址，
写好信多时。
仨月未寄出，
至今犹迟疑。
难断"两厢情"，
抑或"单相思"。
伊人若不记，
岂不人恼死。
毋若埋心底，
时时有美丽。
然而永不知，
总归遗憾事。
暗暗下决心，
壮壮胆子寄。
老头又老妈，
能有什么异！

初到人间

一声啼哭降人间，
两手高举紧攥拳。
来到世上要奋斗，
举拳就是发誓言。
身体健硕八斤半，
努力拼搏有本钱。
五行缺火名字补，
芳名就叫崔煜煊。
两个大字闪闪亮，
光彩夺目一百年。

搬回山村

十六年的城市人，
一朝又回老山村。
城中生活已习惯，
说走就走难离分。
安逸生活不能再，
只缘家中有双亲。
二老一百六十岁，
不是脑梗就闹心。
当时去是为孩子，
上学方便是根本。
两边老的尚年轻，
家中事务不用人。
现在形势已翻转，
再不搬回是忘本。

虽然理是这样理，
舍弃明水真不忍：
两个公园早晚转，
回到老家何处寻？
一切活动皆方便，
小村之中多憋闷！
最重孩子环境改，
一下城市到农村……
翻来覆去想多遍，
感情三分理四分。
说走就走急乎乎，
告别上下左右邻。
搬家路上凄凄然，
大雾迷茫似我心。

卜算子·空巢老人

今春何时来，
去秋哪日走？
紫燕呢喃落院中，
老巢仍依旧。

腊月三十归，
正月初九走。
好儿一年住十天，
新家在等候。

渔家傲·送姐夫

一颗泪珠重两许，
砸脚千串难迈步。
姐夫在前不曾住。
呼无语，
我心已随灵车去。

"性行淑均"从无怒，
卅年兄弟多亲睦。
从此手足无相顾。
怎结束，
自诫不哭泪如注！

三日坟

昏黑冷清雾凄楚，
三日坟上亲人哭。
山中声传十里悲，
路上草湿沾泪珠。

又见仿古建筑（二首）

一

塔机起又落，

处处堆青砖。

小小一景点，

大大三门宽。

排排是安保，

天天对青山。

游客何影像？

青砖和保安。

二

山村仿古建，

一片又一片。

劳民又伤财，

占地加毁山。

不仿本有景，

一仿真寒酸：

明是新砖墙，

却加茅草檐。

看树

杨树三年未投工，
今日看树到林中。
身上长满乱枝杈，
脚下布遍墩草茎。
土中水气草尽吸，
体内养分权胡争。
近察如此难成材，
远望依然郁青青。

修树

莫言小树枝乱生，
只要繁茂终有成。
刀砍斧斫及时用，
大材有待修树工。

伤逝

百无聊赖数逝者，
一数凄凉满心窝。
祸福贫富天注定，
荣辱悲喜逐逝波。

卜算子·盖屋

起早又贪黑，
操心又跑腿。
愁事件件难为人，
盖屋活受罪。

难题个个除，
随之啥都会。
小楼一座巍巍然，
建房知百味。

割麦

骄阳烤如火，
南风烘似烟。
口渴浑身痒，
腰痛手腕酸。
汗洒焦土热，
掌磨血泡连。
远亮眼前花，
咬牙埋首前。

监高考

中国第一正经事，

一年一度七月七。

严格执法彰公正，

热情服务为学子。

查名排序当准确，

飞针走线要严实。

紧张兮兮三四天，[1]

神圣快乐尽责职。

[1] 以前高考7月7日—9日三天，加考前培训、布置考场一天共四天。后改
为6月7日，时间也缩短了。

木兰花·观家长陪考

满怀希望与焦虑，
门外家长陪子女。
莫非真有人磁存，
何为不离三五步。

作用不起心良苦，
诚意感人神亦助。
但愿场内发挥佳，
出场笑容对父母。

如今过麦

收机轰轰响，
麦子金黄黄。
欢迎烈日盛，
哪怕南风狂。
不受弯腰罪，
无须抬肩扛。
轻松晒晒场，
颗粒都归仓。

卜算子·故事精彩

学生帮割麦，
年幼多难耐。
太阳白亮脸通红，
汗珠摔八瓣儿。

凉快地窖中，
故事真精彩。
兴致盎然会神听，
不觉日天外。

兔咬绿豆

绿豆开花笑盈盈，
嫩荚成簇欣欣荣。
丰收在望满心喜，
今朝一看吃一惊：
茬口个个断苗头，
翡翠枝枝铺地中。
手拈玉叶接不住，
心恨恶兔咬无情。

闻鸡心惊

格格直刺耳，
峰峦有回声。
本来是鸟叫，
山雉音好听。
屡遭其祸害，
闻鸡心里惊。
前年啄苗根，
去岁掘花生。
认头天天到，
一垄又一垄。
昨天餐绿豆，
荚子刚长成。
跑兔没咬完，
又遇飞妖精。

值

一个暑假期，
光忙二亩地。
打药拿虫豸，
拉绳顺管子；[1]
锄耪四五遍，
投工二三十。
能获千斤粮，
谁说累不值！

---

[1]　拉绳设障碍防兔子；顺管子浇地。

浇地遇暴雨

浇地午后刚过半，
黑云滚滚来东南。
不信天公还下雨，
自靠大树若等闲。
闪电一道铅云里，
炸雷一声耳朵边。
风骤雨急真意外，
瓢泼盆倾都俨然。
落汤鸡似逃檐下，
战战栗栗赏景观。
道路纵横皆是河，
田地低洼全成湾。
不愁久旱无雨水，
只笑针管注大田。[1]

---

[1] "针管"，极言用自来水浇地水管之细小。

作近体诗

不知律句常为律，
了解平仄难作诗。
粘对双双观二四，
律绝句句查五七。
心中有意声干扰，
脑内得形韵释稀。
字字斟酌平仄调，
词词辨类费心思。

同学聚会（二首）

得知长清同学要来，激动不已，得诗二首。

一

省会何其大，

失联卅余年。

泉城的确小，

想见有何难！

二

三十四载才谋面，

谁是谁非不许谈。

挚友同窗心里有，

无人敢忘孝堂山！[1]

---

[1] 孝堂山，位于长清孝里镇；其上汉墓号称"中国的名古屋"。我们毕业实习时就住在此山。

乙未年初冬雾霾

一派连阴近廿日，

太阳未现两三时。

天天沉郁阴阴冷，

场场雾霾处处凄。

脑中似雾浑浑噩，

鼻内如烟熏熏兮。

不过申时已入夜，

昏黑漫漫且何期！

乙未年初冬首雪

半天捧寻七八次，
大雪飘飘何所急。
玉砌粉装银世界，
冰封雪盖一霎时。
地下扫过披身上，
头顶纷来宇宙迷。
大雁南飞才昨日，
奇观不见忍别离？

运筹

四个银行跑两趟，
一天光为取钱忙。
先还小妹急一万，
再凑济南十九张。
不购中排买腿骨，
免吃红肉拒香肠。
安排合理运筹妙，
收入不高也买房。

鬼

角落哧啦疑是鬼，
如厕悚然赶忙回。[1]
回家片刻要出门，
哧啦已到花坛北。
方便面袋向前走，
无人拉动无风吹。
你说邪乎不邪乎，
真真切切活见鬼。
借着路灯壮胆子，
小心翼翼近前窥。
仔细一察哑然笑：
装神弄鬼是刺猬。
头身全被袋套住，
袋子下面只露腿。

---

[1] 此厕指绣中老校东南角之公厕。

春风依旧

一株春桃，
扎根我的心中；
岁岁年年，
依旧长得茂盛。

每到三月，
满树火焰熊熊烈烈，
借着东风灼烧我的心胸；
烤得伊人面庞更红。

可是人非凤凰，
遇火不会重生。
留给我的唯有一字
——痛。

孙女降生

刀光剑影眉不皱，[1]
一声高歌震四周。
历经凶险降人世，
百年磨难无须愁。
身长体高五官秀，
小手小脚问号头。[2]
体力充沛动作巧，
大脑发达智慧优。
志壮奋发能图强，
才高女子照样牛。
乳名雅号够品味，
安琪静瑜数风流。

---

[1]　指剖腹产。

[2]　头型左右不宽，前后挺长，形如问号。

擀喜饼

妯娌娘们两屋满，
嘻哈吵闹一院欢。
砧板叮当剁葱末，
桶袋唏哗备油盐。
五个煎锅四张板，
八个擀的三对翻。
还有几人去分饼，
喜气随饼满街蹿。

观雹

妖魔西北骤登临，
狂风悍雷黄黑云。
噼啪毒蛋多恐怖，
嗖嗖寒光阴森森。
玻璃落地哗哗响，
枝叶断离乱纷纷。
儿童不知天灾恶，
欢呼雀跃好开心。

黏豆包

姊妹来分黏豆包，
寄自东北路迢迢。
本是表姐心一片，
总觉依旧二姨捎。[1]

---

[1] 以前我们贫困，东北的二姨经常给我家捎钱捎物。

连阴天

淫雨真讨厌，
一连四五天。
可恼不在长，
专下走路前。
本来日欲出，
要走却变脸。
也会弄权术，
有点领导范。
路人都怨愤，
谁说也不算。

六十生日抒怀

年入中秋天过晌，
人逢花甲好惆怅。
两鬓白发如霜染，
一轮红日变夕阳。
心里似觉途欲尽，
腿脚却感路茫茫。
能奔多远奔多远，
时光不以太息长。

祸福相倚

不愉一件事，
自在十三年。
趁空盖房子，
偷闲游水山。
"入世"红白事，
修复血亲缘。
棋牌也怡情，
一步定通盘。

绣中九〇五班同学聚会

一壶老酒廿七年，
历久弥香醇愈甘。
今日师生重相聚，
滴滴点点到心田。

师范同学群聊

声声问候出心间，
欢声笑语字字甜；
思念之情无穷尽，
怎诉同学四十年！

最后一次回老宅

拆迁有喜悦也有无奈，而越临迁临拆心里越不是滋味，特别是突然看到老街老宅倾颓不堪时，那种感受唯当事人才知。

前天搬家去，
南涧是空垒。
昨夜机器响，
今朝半村没。
涉险村中看，
一看好悲催。

阔阔西大街，
眼下忒狼狈：
街东尚有房，
街西瓦砾堆。
梁杈遍地横，
钢筋半空挥……
万千老街景，
片片叫人醉。
相伴六十载，

如今烟灰飞！

东西不忍睹，
举目望南北。
摇头又叹息，
老槐也伤悲。
茕茕自孑立，
浑身颤巍巍：
村中我老大，
高龄几百岁。
见证三义庄，
酸枣峪中美。[1]
幽然南山下，

---

[1]　我村原名酸枣峪，后叫三义庄，再后才叫南涧溪。

涧溪多奇瑰。

改朝又换代，

故事一大堆

清朝又民国，

八路日本鬼；

人民公社好，

树下三小队……

街坊千把人，

拆迁各自飞。

一村一出戏，

人走舞台没。

南涧不复在，

我魂欲何归！

入得家门口，

迎客松巍巍，

本是主人到，

偏说我是客儿！

楼上楼下转，

处处酸苦味。

这里那里瞅，

统统难分违。

难离也得离，

脚下玻璃碎。

扎肉又扎心，

赶忙村口回。

忽遇老兄长，

无语只有泪。

清平乐·层次

县城多远?
明水在南涧。[1]
高楼大厦连成片,
哪有分别界线!

城镇进驻乡村,
社员都成市民。
人人高高在上,[2]
总有层次之分。

---

[1]　明水是章丘中心,南涧是距明水十里的一个小村;老明水已基本拆迁干净,有一部分安置地离南涧很近。

[2]　指住上楼房。

倒火[1]

钢花四溅飞金龙，
赛过皇都焰火红。
百米车间赤霞里，
五十英雄赛关公。
手持长缨频频舞，
缚住苍龙影随形。
盘旋奔腾我主宰，
呜呜风响号角声。[2]

---

[1]　倒火是方言，指浇铸，即把熔化的铁水注入制好的砂模里。

[2]　化铁须用鼓风机送风。

初闻庶荣爷病重

惊雷一声震耳囊，
忘年之交命欲亡。
毒瘤肚中忒残忍，
肝癌晚期太凶狂。
前天电话在工地，
今日已然卧病床。
一日不见如三秋，
生死决绝怎敢想！

种菜趣

饶有情趣学种菜，
三季晨昏兴不败。
春韭秋葵又冬瓜，
陶令爱菊我都爱。

松地整畦种入土，
蔬菜无影希望来。
新芽棵棵破土出，
翡翠满眼情满怀。

灭荒拿虫扎架子，
中耕打杈适灌溉。
苗苗昨小今见大，
腕酸腰痛也自在。

叶菜曼舞又轻歌，
碧玉妆成多气派！
瓜菜蓓蕾现棵上，
心花先于菜花开。

待到果实初成形，
鲜艳夺目放光彩。
黄瓜豆角枝枝绿，
茄子红紫柿子白……
争奇斗艳惹人醉，
一天八看还要来。

不日黄瓜一尺长，
豆角似瀑心澎湃。
番茄成熟血样红，
秋葵无彩自拔尖儿……
左拍右照留倩影，
只顾欣赏不忍采。

终究难耐菜蔬鲜，
不老不嫩忙采摘。
菜笑人喜闹丰收，
街坊邻里都尝点儿。
营养健康有机蔬，
饭时香飘半截街。

第六辑　千言纪实

东北之行

　　为续族谱，须到哈尔滨、大庆、四平、沈阳等地寻家秀、家珠、世义、守仁等之后人。均失联多年，只知家秀在哈尔滨电机厂退休，有一女接班，一子世峰；家珠在大庆茂兴，有子世财、世军、世达等。想探望二姨，我与祥、义二叔同往。

一、引言

小时伙伴走姑姨，

我虽有姨干着急。

二姨进关五六回，

答应她老八十次。

出关之心确实有，

除了这事就那事。

上学教书又娶妻，

种地教子又评职。

年轻总觉日方长，

欻拉已是五十几。

姨母瘫痪近十年，

再不行动待何时！

二、哈尔滨

冰雪未消紧鼓动，

有伴守祥和守义。

先到哈市找世峰，[1]

问人数目以百计。

瘌巴撵了三四个，

南来北往四五次。

厂里档案查不到，

宿舍区里无消息。

冷遇街道派出所，

检阅电机大国企。[2]

---

[1]　世峰，家秀之子，跛足。
[2]　早上班时在厂门口一个个地认。

爷仨热得满身汗，

"三大动力"没累死。[1]

棋牌室里逐人问，

个个多都烦兮兮。

苍天不负有心人，

真就问见知情的。

电机厂的分宿舍，

一问又问几里地。

昨晚一宿没睡觉，

今天暖得又出奇，

穿的衣服格外厚，

又热又困又乏疲。

问问走走再坐坐，

艰难敢与长征比。

终于找到目标处，

同座楼上无人知。

好心老太冰上走，

带我楼东地下室。

物业查找家秀爷，

终于找到要找的。

三、大庆

1、找世军

再去肇源找世军，

杂鱼一碗终生记。

饭后祥叔玩电脑，

我俩去寻世军地。[2]

可笑回时迷了路，

左转右转店难觅。

电话祥叔客栈名，

蒙头涨脑归店里。

又去二站走小姑，[3]

东北农家才认识。

土猪酸菜笨鸡蛋，

火炕一坐治拉痢。

家家牲口大马车，

玉米秸秆一院子。

松花江水来灌溉，

黑土地上种稻子。

宅基足有小亩数，

---

[1] 三大动力街。

[2] 网上查知，不确定。

[3] 守义叔之小妹，昨通话时说二站邻村有个徐世军，所以放弃肇源。

邻间矮墙不过米。
二站邻村找世军，
彼世军不是咱们的。

2、找世财
冒雪茂兴找世财，
北风呜呜刺骨里。
小镇不大挨门串，
铁匠铺里得消息：
"那屯有个徐老三"，
爷仨一听多欢喜。
殷殷勤勤跟人去，
一人一副铁家什。[1]
边走边谈不住问，
越问越觉不踏实。
快到屯子打电话，
原来人家河北籍。
派出所里一查询，
几十年前早搬离。
等车时刻多句嘴，
巧遇"邻居"壮汉李。

他与世达是同学，
至今早已无联系。
幸而知道异母弟，
整天麻将在一起。
四人走了二里地，
麻将室里见张义。[2]
翻箱倒柜找电话，
可惜可惜真可惜。
虽无世财准消息，
确定新肇是居地。
中午宴请"老前辈"，
午后新肇创奇迹。
大湾捞针愁煞人，
一问问见"老相识"。
缘分运气天安排，
出奇出奇真出奇！

3、到宾西
一宿旅店三人计，
明朝老少返哈市。

---

[1] 消息人买了许多铁货。

[2] 世财异母弟。

无冰无水太阳岛，[1]

松花江边把饭吃。

哈市转悠大半天，

临黑紧张到宾西。

四、长春

1、初见二姨

次日一早电爱兰，

亲人相见在今日。

中午哈市上汽车，

到达农安日已西。

小涛领我到三中，

四层楼上见二姨。

白发苍苍床上坐，

双眼凝望不认识。

依然还是二姨娘，

慈眉善目笑眯眯。

叫声姨娘鼻子酸，

涕泪纵横难自已。

多年夙愿今实现，

谁知二姨竟如此！

酸甜苦辣五味陈，

泪眼蒙眬哭二姨。

一会姐妹依次见，

欢喜欢喜真欢喜。

晚上姐夫洗尘宴，

丰盛欢乐团圆席。

千言万语说不尽，

松花江里浪花起。

爱兰有个"印钞机"，[2]

爱芝辛苦当经理。

彤珍天天搞辅导，

小涛专职赁房子……

兄弟姐妹混得好，

尤其孩子了不得。

两个公费留学生，

瑞典还有英吉利；

涛弟之子读本科，

朝哥之女日本籍……

次日祥叔奔四平，

辽塔旁边有见识。

---

[1]　此时冰融未融。

[2]　爱兰姐开了个妇科诊所，B超像似印钞。

唢呐锣鼓歌苍凉，
一听就是蒙满地。
逛了爱兰小诊所，
表姐给我买衬衣。
难忘晚上围床坐，
二姨、兰、芝小涛弟。
你说你来我说我，
从小说到四五十。
亲人总归是亲人，
虽未谋面在心里。
几十年话一夕说，
越说心里越甜蜜。

2、游净月潭

长春城外净月潭，
寒风习习游人稀。
遇到值班好民警，
"此时没啥好看滴，
不必再花冤枉钱，
愿意进园也可以。"
退给门票三十元，
郑重其事我敬礼。
起初不知景何处，

中午时分脚下泥。
一生只有这一回，
忍饥挨饿爬大堤。
登上大堤喘吁吁，
眼前一亮别天地。
小山几墩在远方，
大冰一片脚下起。
宽阔无边似巨镜，
空灵剔透水晶砌。
塞外风景真豪放，
心旷神怡不忍离。
依依不舍下台阶，
辘辘饥肠步难移。
好歹遇见小商亭，
一袋面包七块七。
二路汽车进长春，
下车再赏般若寺。

3、"守孝"

廿八白天无活动，
彤珍给我豆包吃。
二姨床边坐一天，
算是守孝也合适。

看见二姨就掉泪，
一天哭了几十次。
晚上兰芝都到齐，
买来两包好东西：
纱巾送给众姐妹，
毛毯送给小老姨。
又去爱芝家中坐，
整洁干净又雅致。

4、看表哥
菊子听说我已来，[1]
立马乘车出本溪。
廿九姐夫找了车，
小涛与我接菊子。
先到合隆看朝哥，
永哥兴哥也一起。
六个核桃加水果，
一家一包表心意。
参观德永一趟楼，
德兴老板卖电器。
大姨故居十来间，

小工厂的大院子。[2]
中午街上小饭店，
关外哥们都聚齐。
酒水喝得不太多，
句句话语都知己。
午饭过后就分别，
匆匆忙忙聚一时。
此聚意义不寻常，
一聚就是半世纪。
伪满皇宫三人游，
小涛花了二百七。
逛了小涛新房子，
然后车站接菊子。

5、送别宴
晚上表姐家中宴，
既接风来又告辞。
茅台喝了两三瓶，
酒不醉人人自醉。
转子姐姐一番话，

<hr>

[1]　菊子表妹是本溪二舅之女。

[2]　大姨夫与二姨夫当年合办工厂。

所有亲人同心意：
"共同流着梁家的血，
世世代代亲无比。
抽空大家常走走，
至少也要多联系。"
满腹的话说不出，
欢天喜地悲凄凄。
"大学"一声腔含泪，
双手一握就分离。
菊子邀我留一天，
后天一同去本溪。
只因泪水快流干，
再长一天眼睛秕。

6、别亲人

一早拜别亲姨娘，
免不了的又哭泣。
孝敬二姨一千元，
送我小涛和爱芝。
爱芝买上大瓜子，
还有那晚好吃的。
哥长哥短多亲密，
好姐好妹好兄弟。

依依不舍也得舍，
难分难离也得离。

7、奔四平

黄龙府外坐上车，
一路颠簸奔南西。
无缘无故总是泪，
坐着躺着总"相思"。
突然电话铃声响，
一看二姨小涛弟。
"一千放在毛毯内，
五百埋于瓜子里"。
从小就沾二姨光，
如今还办这样事。
内心愧疚无奈何，
愧疚之余更感激。
情感波澜伏又起，
唯独不变是零涕。
一路走来一路哭，
一直哭了二百里。
回家又瘦好几斤，
眼泪当占二之一。
说来令人难置信，

当时的确是事实。
巳时四平见祥叔，
侄女结婚要坐席。
本想去寻二龙湖，
大包小包五六提。
若是去到公事上，
花钱与否不合意。
只好单身赴沈阳，
明天约见票房子。

五、沈阳

1、初到沈阳

中午特快奔沈阳，
一路景致无甚奇。
唯有小站皇姑屯，
地方不大有来历。
到得沈阳三四点，
车站建筑真别致。
其他城市尽雷同，
就属沈阳了不起。
先找旅馆放下包，
"环路"一周观城池。
个把小时兜一圈，

肉饼五元饱饱的。
饭后拒绝腌臜人，
看会电视早休息。

2、巧遇

来沈并非纯观光，
身有使命未忘记。
只是巨城千万人，
寻找一人谈何易！
何况没有确信息，
而且早已不在世。
不能是人就问询，
至少也得年七十。
车站附近遇几个，
不是聋子是偻子。
耐住心烦细打听，
一人冷水泼一批。
大海捞针是不假，
千里迢迢能放弃？
故宫大街东到西，
古色古香皇家气。
前边有个坐着的，
还没问事"章丘的"。

"离着明水不太远，
早先出来打铁的"。
"贵姓"还是本姓"xu"，
越说越要出奇迹。
激动得我心蹦出，
再一细询泄了气：
普集许河近明水，[1]
守仁守椿均不知。
"大爷大爷再想想，
再想我也想不起"。
守仁已有百多岁，
此人刚刚进七十，
卌年差距不算小，
不识不知在情理。
别人更是白搭蜡，
难碰狗咬尿泡皮。

3、逛故宫
买了门票照了相，
孑然一身故宫里。
见有导游尾随上，

---

[1] 普集镇许河村。

文物没导没意思。
逛了东边校军场，
从北到南共八旗。
御花园上凤凰楼，
光进不出后妃子。
最出奇的孝庄妃，
十三开始侍皇帝。
都说风水向阳好，
孝庄宫殿西南室。
凤凰楼遮阴沉沉，
四时夏季才见日。
生了儿子得宠爱，
儿子就是小顺治。
安安然然对生活，
怨天怨地憋屈死。

4、离沈阳
游罢故宫回旅店，
熏饼一顿吃仔细。
十二点前退了店，
旅馆大厅躺几时。
捱恒到了三四点
大包小包票房子。

清明客运真管事，
四五点钟学生挤。
八点前的没了票，
祥叔不来干着急。
六点多钟终于到，
赶紧买票廿二时。
跟头骨碌去候车，
买的熏饼最后吃。
上得火车已害困，
黑灯瞎火无景致。
见人车座底下躺，
脚朝外来头朝里。
有病之躯太疲劳，
身边有伴快学习。
车座底下真舒服，
此间惬意有玄机。
几觉睡过大半宿，
既有精神也有力。
窗外欣赏好风景，

关外没见麦苗子。
杨柳参差无几许，
今我归兮叶纷披。
中午已到济南东，
爷俩热得汗滴滴。

六、结语

峥嵘岁月倏忽过，
东北之行至此毕。
前前后后十一天，
脚印留遍三江地。
时时过得不寻常，
处处都有出奇事。
沈阳长春哈大庆，
一个更比一个奇。
车上车下长见识，
农村城市增阅历。
最有意义是长春，
终生夙愿看二姨！

西南之行

2013年春，祥叔让我帮他安顿漂在达州的海豹，因此成行。

一、引子

去年游了东三省，
今春成都大重庆。
又是十一天，
来去好匆匆。
东北因由续家谱，
西南是为大神经。
两样事情差别大，
都是出行两样情。

二、在达州

1、找民警

K十五车济南乘，
达州次日八点整。
二十二路到市里，
精神病院细打听。
定好诓骗海豹计，
派出所里找民警。
小彭警官拿一手，
老唐同志真热情。
一说情况挺理解，
提出要求满口应。
查得海豹住所处，
旅店名字叫天盛。
二人立马去提人，
小车一开一溜风。
没想行动这么快，
爷俩慌得要不行：
人到医院怎么办，
手续还没办投停。
没有手续不让进，
海豹容易知了情。
虽有民警在身边，
强制不如软的成。

祥叔不敢见儿子，
去年医院真拼命。
给我两千肆佰元，[1]
拔脚医院嘣嘣嘣。

2、铁门里

交好钱款找医生，
耐住心烦等民警。
时间不长海豹到，
哥哥哥哥不住声。
辞别警官进铁门，
主管少妇付医生。
室内病史讲仔细，
门外海豹不肃静。
好歹病史都说完，
又把外科大夫等。
此时已经饭时过，
外科大夫慢腾腾。
看罢海豹割腕处，
"疮口未愈有炎症"。
小付要求见家长，

"全权代表我是兄"。
"家长不来便罢了，
既然来了你不行。
割腕前科人担心，
外伤在身难行动。
此类需要家人赔，
不佳预期家人承"。
电话祥叔上四楼，
祥叔忧心又忡忡。
"海豹进了病房没？
不进病房可不行！"
"隔着铁门怕个屁，
电话里面说不清！"
上得楼来见医生，
海豹隔门气汹汹。
"说完情况抓紧走，
签字我就不要命！"
此景此情人作难，
我与祥叔有点懵。
走吧来是为的啥，
不走若真要了命……
海豹不时发毒誓，
二人久久商不定。

---

[1] 与医生定好的价钱。

好死不如赖活着，
领着病人别医生。

3、退款

下得病房说退款，
海豹一听又发横：
"去年害我没害死，
今回又要来行凶。
给我单子我撕了，
不撕你俩别消停！"
左劝右劝劝不住，
文的武的都不听。
"你俩都是糊涂的"，
趁机电话求守清。
他接电话左右转，
柱子后面不再动。
我忙窗口办退款，
小营业员更机灵。
动作麻利快又准，
前后不过一分钟。
海豹电话也打完，
不给单子还不中。
退出款来再不怕，

拿出单子猛糊弄。[1]
"民康医院"看大章，
你要单子有何用！"
"一百多元咋乎事？"
"外科医生白扑棱？"
海豹一下怒转喜，
你说神经不神经。

4、吃饭

饥肠辘辘一两点，
四菜一汤吃个净。
欢喜好笑又可悲，
三人心情各不同。
达州市貌瞥两瞥，
海豹店里停一停。
赶忙向着重庆奔，
抓紧时间是正经。

---

[1] 此单是祥叔前次来民康医院开
的药单，背面记着医生电话，和钱
一块给我。

三、在重庆

1、江北站上

晚上七点二十二，

到达江北半夜钟。

站口接人好几行，

"住店""住店"不住声。

一问店价六七十，

不是三十不答应。

开始几人跟腔上，

转了一圈没人影。

白天暖和晚上凉，

祥叔非得地道中。

恰好有个来问的，

一宿四十勉强行。

要了一桶温开水，

烫了脚后熄了灯。

一觉睡到大天亮，

楼下面条"瓶盖"盛。

2、煤科院里

到了海豹破宿舍，

树叶狼藉霉气浓。

为赶时间去单位，

解决补偿大事情。

煤科院里见小王，

小王的确挺热情。

此事来前没提及，

搞得今日很被动。

人家准备很充分，

我们根本法不懂。

翻来覆去人家理，

说至晌午定了秤。

小王寻车快餐店，

请客每人六十整。

两天效率非常高，

"政治任务"都完成。

只是双双欠理想，

当时情形力不能。

3、游重庆

歌乐山顶取病历，[1]

一路有花火样红。

———————————————

[1] 海豹以前曾在歌乐山医院看过
病，此去取病历以办理报销。

办完正事四处转，
浑身疲累心轻松。
华子良的白公馆，
张国焘的渣滓洞。[1]
两江交汇朝天门，
浊者自浊清自清。
四A古镇瓷器口，
双十协定张治中。[2]
解放碑左大礼堂，[3]
沙坪坝上小橘灯……[4]
自然人文景点多，
山城雾城大重庆。

兄弟同游锦官城。
遭遇雅安大地震，
峨眉乐山难成行。
都江堰里晃两晃，
青城山下停一停。
可笑不知雅安远，
家人催回连声声。
高铁班班不开运，
此时方觉危急情。
滞留成都广场坐，
晚上逃离急匆匆……

四、在成都

辞别重庆返达州，[5]

---

[1] 《红岩》纪念馆里有张国焘挂像。他叛党后曾在渣滓洞当管理人员。

[2] 重庆谈判地址桂园系张治中公馆。

[3] 大礼堂指重庆解放碑附近的著名建筑人民大礼堂。

[4] 冰心作品《小橘灯》的故事就发生在沙坪坝。

[5] 去达州天盛旅馆与海豹会合，一同回家。

山东快书·两元感谢钱

腊月初八这一天，
北风紧吹冷煞俺。
午放三里回家路，
走至中途车不转。
吱吱嘎嘎好几日，
大概珠子都玩完。
路前有个修车摊，
瘦瘦老头真可怜：
须发花白衣衫旧，
步履蹒跚手颤颤。
见到有人车子坏，
眉开眼笑乐颠颠。
"车子怎么……如何……咋？
快快放下我看看。"
"吱吱嘎嘎两三趟，
珠子咬挡不转转。"
看到老头挺风趣，
我也与他逗逗玩，
"师傅哪个单位的？

偌大年岁多辛艰。
要么儿女不孝顺，
或者工厂破了产？"
"工厂破产是不假，
破产见月也有钱。
虽然生活不宽绰，
还不差修车这几个钱。
儿子女儿都孝顺，
只是闲着心不甘。
能挣一分是一分，
哪能光等上西天？"
老头边说边做活，
粗手大指还挺灵便。
只是天气太寒冷，
鼻涕拉拉流不完。
你看他，卸下轮子卸车轴，
卸下车轴看里面，
"哟——十对珠子都磨烂，
碗子也有麻子眼……"

"老师傅，听我言，
今天没带几个钱，
换上滚珠骑两天，
以后再修也不晚……"
"不换碗？行！
你说咋办咱咋办！
不过可要及时点，
碗子坏了珠难全，
挡轴离着也不远。
不是我老头贪你的钱……"
抹上黄油安珠子，
不一会儿忙活完。
此时学生纷纷过，
个个"老师"咱"再见"！
老头擦擦脏油手，
一声一次回头看。
"大爷您收多少钱？
如果不够我好借点……"
"原来你是当老师，
不要你的你不干。

十对珠子是三毛，
你就给我三角钱！"
"老大爷，别别别！
你冷冷哈哈也挺难，
我两元尚且怕不行，
您竟如此又这般！……"
"老师老师你见笑，
尊师行里也有俺。
国家指望孩子们，
孩子们等你快上班……"
听到此处浑身暖，
似乎不再九里天。
老师神圣竟如此，
感动得差点泪潸潸。
"衷心感谢老大爷，
请收下我两元感谢钱。"
不管老人干不干，
扔给他钱我一溜烟。
心潮澎湃赶到家，
饱餐一顿去上班！

从太原到洪洞

时日近清明，
爷仨拜洪洞。
车过石家庄，
先入太原城。
晋祠捎带访，
山西第一景。
春雨蒙蒙下，
正助欣赏兴。
白玉兰花俏，
晋柏老少撑……[1]
景点世界级，
处处留合影。
回到太原站，
大雨浇头顶。
三人鞋垫湿，
票房急匆匆。

有票十三点，
直奔平遥行。
到得龟城堡，[2]
进入"古都"中。

六门几十街，
古建规模宏。
围墙灰土筑，
门楼气势雄。
逛过清钱庄，
再进当铺明。
店铺上千家，
三成竹叶青。
冠云牛肉香，[3]
爷仨吃一通。
毋家店中睡，
一宿听鼾声。
日旦北门外，
唱菜真好听。
"姥姥"没"考上"，

---

[1] 晋祠中一景：一棵柏树支撑着
一棵倾倒的老柏。

[2] 六城门，形像龟，因名。
[3] 冠云，商标名。

"唠叨"莫再争。[1]

一碗喝下肚，

半天唠叨声。

不知啥滋味，

怎有物这种？

唠唠叨叨走，

终到我洪洞。

游客如梭织，

往来好从容。

寻根来祭祖，

拳拳贤孙情。

此地分外亲，

祖先有身影。

未到大槐树，

早闻锣鼓声。

排练祭祖仪，

千人大阵容。

找到档案馆，

徐氏查分明。

光介远古事，

迁移无行踪。

询去研究所，[2]

小刘很热诚。

拿出卷三本，

都是移民情。

找来又翻去，

无我徐氏名。

虽然仅如此，

夙愿已完成。

喝过洪洞水，

吃过洪洞饼。

见过祖宗地，

沐过祖宗风。

朝过此圣地，

终生目可瞑。

槐前留了影，

依依别洪洞。

---

[1] 考姥姥、唠叨均平遥小吃，昨天未能吃上考姥姥，今旺叔又阻唠叨，二人不听。

[2] 指大槐树寻根祭祖园移民文化研究所。

表姐入关

初得喜讯

兰姐忽来短信函，
十月廿二要入关！
真个喜从天上降，
奔走相告夜无眠。
设计日程上百项，
策划游玩十来天：
二十二号团圆日，
二十三号逛周边，
二十四日游省会，
廿五廿六金沙滩……

准备迎亲

涛弟口中又得信，
原是十九到济南。
赶紧定好接亲车，
不一会儿又推翻。
考虑表姐有安排，
先到叔家情有原。
如此顺序也有利，
有来无回尽情玩。
电脑之中查信息，
旅行社里问组团。
曲阜泰山客运时，
青岛动车哪一班……
妻子也是不闲着，
收拾房间扫庭院。
买好花椒与煎饼，
定下大葱选又选……
家中姐妹请好假，
时间定在星期三。
周二晚上打电话，
兰姐"明去千佛山"。
大学一听有自嘲，
想当主陪边不沾。

亲人相见

终于等到星期四，
见到亲人多欣欢！
姨别卅年变化大，
白发苍苍核桃脸。

老辈六人剩一个，
倍觉亲爱倍觉怜。
这是爱芝这是涛，
这是女婿这是兰。
千言万语堵在喉，
见姨想娘泪潸潸。

接风宴

中午一桌十六人，
吃喝谈笑昌辉店。
惬意不在酒菜佳，
高兴只缘亲情暖。
妙语连珠沐春风，
心心相印照肝胆。
只恨笨嘴又拙舌，
徒有赤心不得见。
但愿诸位不怪我，
相信大学有情感。

游朱家峪

明清古村朱家峪，
二车八人三时半。
文昌阁上一炷香，

进士宅中转两遍。
山阴小学黄埔门，
朱氏家祠贵族范……
看这瞅那不一会，
山岚沉沉谷幽暗。
情谊化作浓浓雾，
天地之间缠绵绵。
出得古村回家去，
一路笑语一路欢。

去宾馆

晚饭油饼喷喷香，
莲子紧擀姐妹翻。
饭后两车到明水，
送亲入宿章宾馆。
妹夫定下两客房，
"二一五"和"二一三"。
竭心尽力敬贵人，
关内虔诚见一斑。
外人不知内中情，
我们表亲不一般。
再加无叔无伯姑，
只知姨舅最亲缘。

姨舅逝去人不再，
后辈相亲到永远！

走姥姥

一宿无语待明朝，
一觉醒来日已旦。
一会宪成开车来，
到得宾馆正八点。
为了亲人多相处，
选住家中退标间。
汇泉路上向东行，
边走边介一路观：
百脉广场市医院，
明水绣水分界线……
先看村内大表哥，
此家本是姥娘院。
我所来原真故地，
从前慈母住其间。
这边瞅瞅那边瞧，
姥姥不见甥女男。
脑中飞回七十载，
人影绰绰晃眼前。
辞别表哥转屋后，

姥姥胡同访一番。
幽幽乡愁心中绕，
眷眷亲情翻波澜。

百脉泉一瞥

电话学敏不在家，
抽空瞥瞥百脉泉。
眼前有景色全无，
有泉没水河湖干。
"梅花"五瓣有多美，
全凭大学一二言。

危山拜佛

时间匆匆无情过，
看过学敏奔危山。
山不在高有名气，
圣井澄澈两千年。
芝妹腿疼歇阶下，
兰姐拜佛心虔虔。
一尊金身立山顶，
三炷高香直冲天。
表姐自有仙女姿，
拜佛更显度翩翩。

我与姐夫瞻大佛，
涛弟殷勤当跟班。
做完圣事午时到，
家中电话催连连。
中午聚会羊东家，
如同穿梭这半天！

村中一转

难忘下午村中转，
分分秒秒记心间。
老槐叶子很平常，
摘下几片作留念。
每见老太"多像娘"，
孝女深情天可鉴！
兰姐挂念我之病，
芝妹疼兄心拳拳。
问我感觉问医治，
加强营养勤锻炼。
有病及时看医生，
嘱咐一遍又一遍。
大学听罢心里暖，
只是鼻子阵阵酸。
两天交流未得空，

此时叙叙三年半。
三年三人多少事，
知心话儿哪有完！

第二晚

饭后主要包行囊，
袋装绳捆一件件。
姊妹求来土布席，
再表爱心一片片。
本想周六随客去，[1]
不管别人愿不愿。
一问昊儿不得空，
早就定下有事办。

机场送行

二十五日济机场，
托运打包真麻烦。
前天气力都白费，
重包需交90元。
执意打包没动摇，

---

[1] 兰姐已定华东哥车去曲阜泰山，我想让友昊拉着同去。

算来总比物流贱。

看罢表妹"清心"字，

记下表哥联络点。

嘱咐表弟常来往，

恳请表姐再入关。

姐夫一声动员令，

泪眼蒙眬说再见。

六十才有这一次，

要想再见怎简单！

遥望亲人频挥手，

"别时容易见时难"！

客人离去不忍离，

不时抬眼出口看。

忽见芝妹风风来，

香水一瓶手中攥。[1]

此举昭示一算式：

相聚一秒值百元！

结束语

国有昭君出塞史，

家有表姐入关篇。

亲人自有殷殷意，

隔山隔水情不断。

只恨相聚时日少，

多事未践真遗憾。

人生总是不圆满，

亲人再来我之愿。

---

[1]　百元刚买的香水，安检不过。

云南行

初坐飞机

东风习习杨柳青，
三月十一日清明。
生平首次坐飞机，
幸福兴奋战兢兢。
询问乘姐救生衣，
屏上书里学逃生。
十一时到座机动，
先退后进徐徐行。
愈走愈急声愈烈，
不见尘土只轰鸣。
忽然机头斜上钻，
左颠右簸升天空。
连升几次机渐稳，
俯视大地迷蒙蒙。
红瓦绿树依稀见，
飞机仿佛是风筝。
渐飞渐高居云上，

蓝底白云真奇景。
从来观云总仰脸，
此时云从脚下生。

片片朵朵白又白，
银浪素波东海澄。
掏出手机忙拍照，
照下奇景慰平生。
说话之间机又起，
云海远近地对空。
一直以为云彩高，
云与大地隔几层！
忽而又见云下黑，
延绵起伏山之形。
接近云南下面雨，
铅云团团雾气蒸……
一路欣赏一路乐，
紧张早已去无踪。
三个小时很短暂，
下午两点到昆明。

丢手机

三号出口紫花丛，

"锦绣云南"四字清。
对上"暗号"坐车走，
一人一花表欢迎。
拉至五星大酒店，
"恭喜发财"鹦鹉灵。
百尺百竿掩木楼。
温泉一泡腿不疼。
七公里街吃晚饭，
也算逛过昆明城。
翌日六时就起床，
自助早餐黑蒙蒙。
连塞带吞速吃完，
赶到文汇天刚明。
门外藤椅等片刻，
手机溜出未作声。
等齐同伴都上车，
全国"散拼"十人整。
导游阿敏很精干，
介绍云南挺生动。
出得春城奔大理，
半多小时未住声。
忽觉手机不在身，
一声惊呼全车惊。

惊慌不仅价钱贵，
此旅拍照没法用。
何况三次接飞机，
不能联系怎旅行！
导游赶紧打电话，
电话接通不响铃。
问我可能丢何处，
文汇门外最可能。
阿敏立即电文汇，
藤椅之上真现形！
人来人往人不见，
铃声阵阵没人听。
千幸万幸不该丢，
一切皆由天注定！
喜出望外全车人，
失而复得何心情！
真想给人磕个头，
我佛慈悲好昆明！
首先感谢小阿敏，
没她张罗都是零。
再谢文汇大酒店，
又找又寄忙不停。
车上写罢感谢信，

掷地有声表心胸。

大理

四个小时到大理，
苍山洱海好风景。
春风吹拂撩我心，
碧波荡漾传歌声。
南诏岛上南诏国，
玉几岛滨月亮宫。
洱海之畔双廊秀，
蝴蝶泉边金花娉。[1]
羊苴咩城史悠久，
大理古国有美名。
灰瓦白墙清一色，
家家画壁多新颖。
巍巍榕树千年古，
艳艳桃花一丛丛。
古城满是旅游客，
熙熙攘攘笑盈盈。
步步紧跟小金花，
洋人街上摩肩踵。

---

[1]　白族人称美女为金花。

流水潺潺沿街下，
点苍山姿水中映。

丽江

1、古城夜景

茶马古道西北行，
到得丽江"艳遇城"。
导游换为程苹果，
"一号大院"好"宿营"。
晚饭之后逛丽江，
古城一座好夜景：
火树银花不夜天，
人浪滚滚似故宫。
街巷不宽石头铺，
酒吧歌舞灯笼红。
万爿店家任你逛，
一道流水随人行。
铺中时有拍鼓女，
边拍边唱有风情……

2、玉龙雪山

次日玉龙大雪山，
每人一支氧气瓶。

蓝月谷中水蓝蓝，

索道不开因山风。

未得登山是遗憾，

近观神山亦奇景：

白雪皑皑刺蓝天，

生平所见第一峰，

海拔五千七百米，

美哉伟哉气势雄……

可惜手机不在手，

哥俩花钱也留影。

神山脚下观歌舞，

"丽江印象"记心中。

3、白日古城

下午返城游木府，

木府格局似朝廷。

玉花园里百花艳，[1]

三清殿内有木增。[2]

殿外俯视我丽江，

古朴美丽好江城。

逛完木府逆水出，

从南到北急匆匆。

一号大院柜台前，

手机终于回手中！

休息片刻再出门，

哥俩更有好心情。

腊排米线三两碗，

木屋少墙多风铃。

四方街上四徜徉，

三眼井旁三观井。

亲不完的丽江水，

爱不够的纳西城。

从丽江到昆明

早上吃过真米线，

一路欢歌奔昆明。

车观白族村寨子，

人家稀拉沿山行。

十八里铺三道茶，

寸氏银器有水平。

吃罢午饭继续走，

---

[1]　木府规模宏大，格局仿朝廷，但为表忠心，避"御"字，所以有"玉花园"。

[2]　传说木增主动让位后专心在此修道。

晚上野菌吃楚雄。
啤酒果酒有特色，
彝族火锅香味浓。
十人首次共举杯，
有缘千里来相逢！
饭后又走两小时，
到得昆明九点整。
入住文汇大酒店，
前台道谢心激动。

世博园

博园建筑势恢宏，
美轮美奂夺天工。
外围环境真美丽，
奇花异草满园生。
绿色为底五彩扮，
纤尘不染纯天庭。
厅内摆满宝有价，
别人购物我观景。
景象不仅从外看，
厅中万人头攒动。
琳琅满目件件好，
熠熠生辉美不胜。

款爷富婆比比是，
银器玉件样样拎。
哥俩踱步"傍大款"，
心窘脸上现从容。
我来云南为观光，
无视导游把脸扔！

石林

自然造化鬼府工，
嶙峋剔透奇特形。
洞天别有异趣地，
世间难寻胜仙境。
这边采茶阿诗玛，
那边拉弓是阿鹏。
猫伺老鼠有动静，
青蛙一尊叫无声。
大象小象象象憨，
高猴低猴猴猴能……
石笋层层少藤蔓，
小亭红红翘天空。
脚下之路很诡异，
拾级钻洞走迷宫。
左钻右爬无天日，

狭缝一出现光明。

再登石阶三二百，

终于旋入小红亭。

亭上不免又照相，

俯瞰石林百千层。

游罢大林游小林，[1]

照罢人像照风景。

不知不觉照没电，

今晚如何离春城！

幸亏好心大妹子，

移动电源让我充。

唯唯诺诺连声谢，

心既感激脸又窘。

丢掉手机是一回，

忘记充电又一重。

丢三落四无脑子，

头发斑白不老成。

西双版纳

1、初到版纳

半夜紧张到版纳，

汇翔酒店住景洪。

刚才还在春天里，

一下做起暑天梦。

"三个蚊子一盘菜"，

"冬季"之蚊并不凶。[2]

尽管如此睡不好，

迷迷糊糊惊闹钟。

一会又参新游团，

大巴一车向南行。

车上一瞥澜沧江，

汹涌澎湃流不停。

窗外满目好风光，

热带植物绿葱葱。

2、野象谷

王导介绍哨哆哩，[3]

傣族又有傣族经。

基诺山人更出奇，

一步登天享太平……

导游还没介绍完，

---

[1]　石林由大石林、小石林两部分构成。

[2]　三月是版纳之冬季。

[3]　"哨哆哩"傣语，美女意。

野象山谷乐声声。

谷口夹道黑衣哨，

载歌载舞示欢迎。

手持小棍系红绸，

棒敲肚捆小梆丁。

个个好哨又好哨，[1]

面沁汗珠绽笑容。

音乐优美又热烈，

锣鼓铿锵激山风。

疲乏一下云霄外，

游兴大发万丈情。

野象谷中寻野象，

栈桥之外百鸟鸣。

忽听咔嚓连声响，

竹丛倒地扑隆隆。

大象一只现眼前，

小象一群乱哄哄。

游客指点忙拍照，

害怕攻击禁大声。

我等都有好运气，

---

[1]　"好哨"即很漂亮，"哨"音
"sao"。

野象谷中不虚行。

观赏一会时间到，

驯象表演十点整。

紧走慢赶指定地，

国歌声中国旗升。

谁信旗手是大象，

鼻子拉绳很从容……

驯完大象自助餐，

此餐预防富贵病。

3、森林公园

饭后再去沟谷地，

森林公园又奇境。

树木参天欲蔽日，

花草遍地不知名。

只认悬崖挂瀑布，

瀑布之下有九龙。

跳罢恰恰竹夹舞，

再观异族演风情。

三月也过泼水节，

水花笑浪声不停。

池边曼舞又轻歌，

万人同欢乐意浓。

泼完喜水向前走，
电车拉至塘边坪。
烈日炎炎挡不住，
看台游客十八重。
孔雀放飞要开始，
天下只此有其景。
手挽竹篮哨哆哩，
饵食把把撒坪中。
音乐悠扬哨声吹，
孔雀只只来天空。
愈飞愈多遮天日，
愈聚愈众啄草坪。
一只彩鸟侃称美，
千只孔雀丽无穷。
片刻过后鸟吃完，
彩旗舞动鸟聚拢。
三五小哨齐挥赶，
孔雀展翅胜开屏。
支烟工夫鸟飞尽，
游客眼直身不动。
一天游程很紧凑，
精疲力竭回店中。
晚饭选择大润发，

特色米饭菠萝蒸。
饭后泼水广场上，
景洪中心逛景洪。
椰树棵棵真泰然，
舞者个个多轻松。

4、傣族小寨
末日头午孟别寨，
傣族小村妙趣生。
树身长出波罗蜜，
杧果"槐米"绿叶浓。
道旁酸角上千年，
佛寺菩提笑盈盈。
中缅大道街中过，
家家房子皆二层。
导游玉香家做客，
真切感受傣家情。

5、自游景洪
午饭就餐哨哆哩，
下午活动自由兵。
先逛民族风情园，
杧果荔枝辨树形。

再游景洪街一角，
棕榈椰树才问清。
拾取一捧棕油籽，
如获至宝包中盛。
一会导游说机票，
只有我俩八点钟。
一车拉至飞机场，
十二点的同去等。

三飞四飞

六号窗口排长龙，
领取机票身份证。
"艳遇"哈市俊姑娘，
连椅之上笑风生。
五十分钟到长水，
再找紫花去"宿营"。
又进文汇大酒店，
我与文汇不解情！
冲冲热水快休息，
明朝四时响闹铃。
还未下楼司机到，
领份早餐又起程。
取到机票过安检，

早餐牛奶不得通。
喝罢牛奶登上机，
六点四十天未明。[1]
一会飞机又上天，
东方升起太阳红。
云蒸霞蔚很美丽，
回时又有回时景。
可惜座位离窗远，
难观来时云与峰。
机上早餐吃一顿，
十点十分到泉城。
历时通计共八日，
行经来回万里程。
泡了温泉乘过机，
欣赏美景察民风。
化险为夷吉人相，
难忘哥俩云南行！

---

[1]　云南比济南天明得晚，黑得也晚。

天塌地陷

引子

伤痛之事不忍想，
丧父之痛何时忘！
痛定思痛痛何如？
诗有千句泪两行。

五马日

除夕午夜钟停摆，
初一龙头毁早上，
不到天黑开关坏，
赶到晚上灯不亮……
蹊跷连连太蹊跷，
休褪频频从天降。
大年初五早八时，
母亲一呼震庭堂。
老爹跌倒在床前，
奋力拉爹娘帮忙。
以前也有类似事，

只是此次不寻常：
脖颈鲜血殷殷红，
后脑小口汩汩淌。
赶忙叫来卫生员，
止住鲜血奔山双。[1]
缝完四针做CT，
医生水平难主张。
急忙又奔中医院，
膜下出血不用强。
就怕血点止不住，
抓紧住院勿商量。

病危通知书

初五初六正常人，
一切活动无异样。
初七午饭呕吐晕，
病魔开始现凶光。
止血两天未见效，
医生护士都着慌。
阿司匹林不凝血，
预后凶多吉少象。

---

[1] 双山。

签字病危通知书，
两手颤抖泪汪汪。
又急又恨又恐惧，
且疼且怜且悲伤。
谁信谈笑大活人，
且夕之间要命亡！
强打精神求医生，
最大努力都用上。
不管花费多与少，
爹爹一命"百千强"。
急聘济南专家来，
速去泉城取药忙。
凝血先输"冷沉淀"，
再施"纤维蛋白"浆……

初七夜

刺魂慑魄初七夜，
爹爹一宿喊爹娘。
哀鸣号叫声声紧，
八旬老人怵哭腔。
可想身体多难受，
声声撕裂儿心房。

昨夜翻身一人易，[1]
今夜两人用力量。
不知脑中血止否，
但见四肢硬僵僵。
先是右腿无蹬蜷，
临明右臂难伸张。
只要爹爹保住命，
全身瘫痪又何妨！
干云之气破夜幕，
十一层楼现曙光。

平稳恢复

初八一天无恶化，
提心吊胆日惶惶。
九、十、十一平稳过，
十二、十三手脚强。
一做CT血止住，
姊妹五人喜洋洋。
花钱花物齐努力，
一意救父心无旁。
面带菜色全不顾，

---

[1]　指给爹翻身拍背。

终于盼得父命长。

翻身拍背又按摩，

喂饭喂水不停忙。

医护人员倍感动，

时时事事"正能量"。[1]

子女孝顺苍天佑，

鬼门关里也敢闯！

十四吃面大半碗，

十五又把水饺尝。

两天一日就出院，

四世同堂多和祥！

二签病危通知书

谁知刚从鬼门出，

恶魔身后又跟上。

吃罢水饺肚子疼，[2]

十六加药难抵挡。

十七早晨腹如鼓，

爹爹一夜有多长！

CT一看胆结石，

其他水多不显像。

主要矛盾已转移，

不顾脑子顾腹腔。

主任方案先通气，

上面胃管下灌肠。

一天涮肠两三遍，

胃管无物屁不放。

"最绝"方法都使尽，

该疼还疼依旧胀。

胃肠主任来会诊，

一针入腹水黄黄。

又下病危通知书，

恐慌无用想主张。

做手术

电话姊妹全都来，

主任预后直截讲：

不做手术两天后，

手术十九不吉祥。

哪能看着爹爹殁，

百分之一是希望。

姊妹意见很一致，

马上手术甭商量。

急急分头做准备，

---

[1]　主任说我们家充满正能量。

[2]　只吃了两个。

出院入院换病房。[1]

七时进得手术室，

闭眼签字心冰凉。

此时店中买饭来，

儿孙女媳一大帮。

一等三个多小时，

蚂蚁爬在热锅上。

不来消息心里急，

又怕忽然输血浆。

终于窗口现身影，

手托铁盘叫嚷嚷：

坏死赤胆无规则，

结石一块四方方。

肚子胀痛皆由它，

砸落铁盘响当啷。

形成多年今爆发，

趁火打劫太凶狂。

手术顺利较成功，

千恩万谢主任张。

一会术室门打开，

小心翼翼推病床。

闯过一坎又一坎，

一关过去一关挡。

"正如万山圈子里"，

暂喜走过这一冈。

十点四十进监护，

父子相隔真怅惘。

抓紧解散众人回，

门外联椅算陪床。

监护室探视

翌日打听父消息，

依旧未醒心里慌。

午后得知父醒来，

等待探视心痒痒。

不知爹爹口渴不，

疼痛当有内外伤……

谁说不足一昼夜，

担心觉如仨月长。

情势危急非等闲，

鬼门关里又一趟！

好歹等到四时半，

探视只允人一双。

---

[1] 院里的规定，换病房要办出院
手续。

姐姐急得掉眼泪，

骗入走廊扒"囚窗"。

我和妹妹急入室，

又喜又忧心彷徨。

满脸笑容见爹爹，

泪水滚动转眼眶。

爹爹睁眼喉有声，

口咬管道难言讲。

精神面貌算不错，

心照不宣二人忙。

妹妹沥水擦全身，

大学按摩手脚膀……

爹爹腹部全绷带，

难知刀口有多长。

八十高龄遭剖腹，

孝亦不孝真凄怆。

一会探视时间到，

早就不堪其境伤。

监护室里十几人，

没有几个比爹强。

每人只有半条命，

看你是硬还是穰。

出院

手术危险期已过，

四宿四天监护长。

输过几个高蛋白，

腿脚不再肿胖胖。

转至八层"抢救室"，

胃肠二室论端详。

开始几日近绝食，

血水不少尿大量。[1]

医说不吃无大碍，

输液之中够营养。

持续三十七度多，

不烧还烧人心慌。

"手术之后都如此"，

一切反常皆正常！

三天转入病房后，

精神渐好食渐长。

基本指标均无异，

撤掉"监护"撤掉氧。

街坊亲友都来看，

不知竟有二次殃。

---

[1] 指手术引流袋里。

又过几日很平稳，
三月五日回小庄。
首尾三十又三天，
赶走小鬼打阎王。

晒太阳

日前网购发来货，
前日安好护理床。
昨晚有昊调试好，
今天下午正使上。
左右翻身很省力，
前后能降又能扬。
折起可作轮椅用，
随意进出晒太阳。
三月中旬寒料峭，[1]
明媚春光院中享。
无风无火中午时，
前厦底下暖洋洋。
一问老爹挺愿意，
推出爹爹晒太阳。
掀起被子晒这那，

盖上被子勿着凉。
阳光、兄妹拥爹爹，
爹爹今日精神爽。
停水几日已适应，
虽有好差大势强。
希望满满有万分，
坚信爹爹能复康。
但愿终至铁床烂，
长有爹爹在身旁。
阴影徐徐向东移，
兄妹轻轻频挪床。
一寸光阴一寸金，
几步光阴几寸长！
其乐融融时间短，
一会推爹回"病房"。

治痰

前年鱼汤曾救命，
这次怎能忘鱼汤？
强喝几日难接受，
"吃鱼上火"有痰黄。
沉积肺炎最担心，
怎忍痰黄先嚣张。

---

[1]　公历。

抓紧治痰不耽误，
买来吸器治理忙。
连吸带掏频频用，
出来这块那块长。
喉内喉拉喉外多，
腭后层层似泥墙。
如此治标不治本，
症在气管不通畅。
抓紧买来雾化器，
早晚各一效果强。
从此再无黏稠痰，
聊以自慰这一章。

半夜惊魂

可恨回家只一周，
三十八九体温涨。
哪里发炎都可怕，
无可奈何输液浆。
医院不输青霉素，
这次不必开他方。
开始几日成效显，
一周以后却凶狂。
白天不高晚上升，

好好坏坏捉迷藏。
可怕三月二十夜，[1]
两个栓塞难抵挡。
体温三十九度六，
小青电话刺耳响。
心惊肉跳跑下楼，[2]
卫生室里闯一闯。
明知值班无医生，
也须砖头猛砸墙。
值班人员有善心，
开门帮把办法想。
不知何为退烧药，
"康泰"能把体温降。
只有拿此去一试，
碾碎二粒下腹腔。
两点四十放大汗，
一摸身上不用量。
近年有事想表姐，
表姐真有高妙方：
青霉早晚各十二，

---

[1]　与下"三月廿三"都是公历。
[2]　出院后姊妹晚上值班，我在二楼睡觉。

如此药力才接上。

大学一听获至宝，

二姨凭此保命长。

再加退烧清开灵，

猛药除疴有希望。

可惜良方用太迟，

爹病早已入膏肓。

二十三日恐怖夜，

铃声惊鸣破胆囊。

噩梦醒来是噩梦，

难忘爹爹骇人样：

双眼白瞪向上翻，

喘气急促呼呼响；

高烧已过四十度，

六亲不认不感光……

急忙呼叫庶温爷，

姊妹不禁醒老娘。

小青兰子都叫来，

医生酒精拭身上。

擦过一遍又一遍，

眼不再翻体温降。

最后时光

廿四弄来氧气瓶，[1]

输上氧气无苦状。

一天几乎无饮食，

喝药两包却如常。

爹爹求生多心切，

子女无奈好心伤。

天黑孙辈都赶到，

爹爹满脸是安详。

见到安琪特别笑，

四世最后聚一堂！

摇头点头很清楚，

谁知"返照"是"回光"！

爹爹此时多留恋，

可恨子女不懂行！

看看时晚天不好，

遣散孩子各回"庄"。

走后不足半小时，

爹爹一叹好惆怅。

下气不接上一气，

————————

[1]　公历3月24日，农历二月
二十七日。

好长时间才接上。
刚刚翻身拍完背，
两边依旧捏腿忙。
麻木不知爹危急，
可知此状是凶相。
喘罢几口又停息，

厉声叫爹雷声响。
哗哗雨下天在哭，
雨水横流心血淌。
天塌地陷八点半，
从此世上只有娘……

后 记

从小爱诗，也写诗，有感而为，以写为快。不过写后多一扔了之。

随着年龄渐老，近年有了时间，游历也较集中，生活也更丰富，情感火花不时闪现，于是记录现在，回忆以往，写下了许多。

因不刻意仿古，五七言、四八句（不敢称律）诗及所谓词，许多不合平仄韵律（这类诗有人戏称为"新古体"鄙以为很贴切）；因学不来不用标点、不顾行句、表达极为含蓄的高超技艺，所写自由诗又不够新潮。总之古式不够古，新式不够新，在诗界难以入流。然而自信事真情切，通俗易懂，仍结为集子，便于自己保存的同时，还奢望寻觅知音，给那些传统读者及少儿带去点情趣。

水平所限，疏误定多，恳望指正。